# きまぐれ体験紀行

星 新一

角川文庫
21414

目次

# ソ連の旅

１９７６年

# 1　会った人たち

九月二十日、昼ちかく、横浜港《よこはま》からバイカル号という船に乗り込んだ。同行者は北杜夫《きたもりお》、大《おお》庭《ば》みな子《こ》の二氏。私たち三人はソ連の作家同盟から招待され、こういうことになったのである。春ごろ北さんと対談した時「星《ほし》さん、ソ連へ行きましょうよ」と言われ、日本文芸家協会の渉外委員長の江藤淳《えとうじゅん》さんに申し出ておいたら、それが実現した。私としても、SF作家であるからには、たまには異質な体験をしておいたほうがいいと思っていたのだ。

となると、少しはロシア語を身につけておくかと、会話入門の本を買ったが、まずロシア文字にねをあげた。なまじっかローマ字に似ていて、発音がまるでちがうのがあったりして、しまつが悪い。しからばと、カセットを買ってきてデッキにかけたが、本場のモスクワっ子のすばらしい発音で、聞きほれ感嘆はすれど、こっちの口は動かない。こういうのはクイントリックス式に、日本なまりでやってもらったほうがいい。

結局、頭に入ったのはスパシーボ（ありがとう）の一語だけ。まあ、なんとかなるだろう。

北へ進む船には、広島の人たちの一行も乗っていた。広島はボルゴグラード（旧スターリングラード）と姉妹都市になっており、そこを訪問するのだという。いずれも戦争の惨禍を深く受けた都市である。訪ソ二十何回という案内人が同行していた。私はカバンのカギの一方があかなくなったのに気づき、困ったことになったと話すと、そのかたが言うのには「カギなんかいりませんよ。ソ連では盗まれることなんかありません」とのこと。そういうものかと、はじめて知る。

なお、カバンのカギは、なんとかむりにあけようとして、ついに折れてしまった。鉄の棒でこじあけることに成功し、中身を出せるようになったが、カギのスペアがなく、ついにカギなしという状態になった。いくら盗まれることはないといっても、いささか気になる。なにかのかげんで、ふたが開いたらことである。ものはためしと、同じメーカーのカバンを持つ大庭さんのを借りて残った一方にさしこんで回すと、なんとそれがぴったり合うではないか。以後、ホテルからの移動の時には、それを借りて使うことにした。たぐいまれなる幸運というべきか、カバンのカギとはこの程度のものなのか。

船で二日、ナホトカへ着く。日本の暑さも、ここまでは及んでいない。上陸して、みなのあとに着いて、小さな建物に入る。やっとソ連についたのだ。しかし、これからどうしたものなのか、まるでわからない。切符もないのだ。アラスカ生活十年の大庭さんが、あたりにいる人に英語で話しかけたが、ぜんぜん通じない。まわりを見まわしても、ロシア文字ばかり。どうしたらいいのだ。

案内所らしきところへ行き、作家同盟からの招待状を見せると「だいじょうぶ」との返事が返ってくるだけ。どう大丈夫なのかの説明はない。広島の人たちの一行は、バスでどこかへ行ってしまった。西欧の人たちらしい一群もいなくなった。夕ぐれ迫る建物のなかに残るのは、私たち三人だけ。なんとなく心細い。

「いよいよ、カフカ的な状況になって来ましたぞ」

とでもつぶやいてみる以外にない。いつだったかテレビで「沈黙」という映画を見た。どこの街ともしれぬ、言葉のまるで通じないところに宿泊した恐怖がよく描かれていた。ああいうのはたまらないだろうなと思ったものだが、それと似たようなことになってきた。

またも招待状を見せて、指で文面をたたく。この文面も、じつは私たちだれも読めないのだ。するとだいじょうぶ」との答えがある。どうやら、この日本語以外に知らない人らしい。

それでも、やっとバスに乗れ、ハバロフスク行きの駅に着くことができた。乗るべき寝台車の部屋もわかった。北さんと同室である。まあ、なんとかなったようだ。ホームへおりてみると、広島の人たちが歩きまわっていた。「時間になると、ベルが鳴らずに発車するそうですから、気をつけて下さい」との注意あり。

やがて発車。食堂車に行くと、日本語のわかる男の乗務員がいて「どうぞ」と言う。あたりには日本人も多く、いくらか落ち着く。食べ終り、寝台車に戻り、北さんに睡眠薬をもらって眠る。そして、つぎの朝。

「星さん、夜中にトイレに行ったはいいが、帰りによその部屋をあけようとしていたんで、ぼくが連れ戻しましたよ」

と北さんに言われた。まるで記憶にない。もらった睡眠薬のせいかもしれない。これからは自分で持参したのを使うことにしよう。

車窓の外には、葉の黄色くなったシラカバのまばらな林が見える。シベリアの大地の上にいるのだという実感がわいてくる。しだいに人家がふえてくる。北海道よりはるか北の地である。冬の寒さはきびしく、さぞ大変だろうなと思う。

やがて、ハバロフスク到着。広島の人たちのあとについてバスに乗り、ホテルらしきところに着く。インツーリスト（旅行案内）の係らしき人に例の招待状を見せると、十分ぐらいで航空券を作ってくれた。いやに早い。われわれが来るのを知っていたのだろうか。見当がつかない。うまく乗れそうである。そこで昼食をとった。

空港はさほど遠くない。機へ乗るのは、外国人が優先である。そして、離陸。西へ西へと太陽を追って飛ぶので、陽はいっこうに傾かない。下を眺めると、はてしなく大地がひろがっている。他の天体へ来たようだ。これに似た体験はオーストラリアの中央部を南下した時にも味わったが、その時はプロペラ機。いまはジェット機なのだ。あらためて、広さというものを感じさせられた。約八時間半、やっとモスクワへ着く。翼のマークがみんな同じ。国内線専用の空港であろう。さて、これからどうなるのか。

しかし、さいわい出迎えがあった。エレーナさんという女性で、モスクワ大学の日本語学科を出た人。二十八歳ぐらいで、背はあまり高くない、感じのいい美人である。万博の時にはソ連館のコンパニオンとして来日したことがあるという。日本語を完全にマスターしており、西《さい》鶴《かく》を研究したそうだ。私たちは、ほっとした。

ソ連に来てとまどうのは、その都市についてみないと、なんというホテルにとまれるのか不明な点である。そういうたぐいは、すべてエレーナさんがやってくれた。ここ当分、通訳のつく招待か団体旅行以外は、一般人のソ連の旅はむずかしいようだ。

　私たちはロシア・ホテルという、とてつもなく巨大なのに宿泊した。六千室という世界最大のものだ。新しくて気持ちがいい。プログレス出版社の日本課長のラスキン氏があらわれ、夕食をともにした。北さんや大庭さんの作品の入った『日本短編集60―70』はそこから出ている。私の作品集もいずれそこから出るらしい。ラスキン氏は大江《おおえ》健三郎《けんざぶろう》、開高健《かいこうたけし》両氏の作品のロシア語訳をしたかたで、日本語もうまい。

　ここのレストランは広く、バンドの演奏もあり、キャビア、ワイン、コニャック、いずれもうまい。さすがは首都モスクワのホテルである。活気がある。私はラスキン氏に言った。

「さっきからのお話のようすですと、この国ではＳＦと純文学だけが存在し、大衆小説をみとめないようですが」

「その通りです。いい小説が広く読まれる望ましい状態で、ＳＦと純文学だけあればいいのです」

　信じられぬような話である。まさかと思い、そのご、ほかの何人かに聞いてみたが、やはり同じ答え。この国では、ＳＦと純文学しかみとめないらしいのである。

　ＳＦマガジンに時どき「ＳＦが低く見られているようで残念だ」というたぐいの投書がのるのを思い出した。私は好きで書いているのだし、軽視されたと感じた体験もないが、人生、気は大きく持つべきだ。こういう方針の巨大な国もあるのである。次元のちがう世界に入りこんだような感じだ。私はいい気分でたくさん飲んだ。ハバロフスクとの時差は七時間。すなわちこの一日は私にとって三十一時間ということになる。長い一日だった。

翌日、クレムリンや美術館を見物した。地下鉄にも乗った。とてつもなく深いところを走っている。ホームまでのエスカレーターが非常に長く、そして速度が早い。万事にのんびりしたソ連にあって、エスカレーターの速度は、日本の二倍ぐらい早いのである。人は右側に並んで乗るが、あいているその左側を、かけおりてゆくやつもいる。このせっかちめ。どっちが日本人だかわからなくなる。エスカレーターの速度は早くできるのだと、はじめて知らされた。日本のデパートのはお客の目を楽しませるため、わざとおそくしてあるのかもしれない。

車内に乗りこむ。なにか異様である。つまり、車内に広告なるものがぜんぜんないのだ。目のやり場に困る。それでも、大庭さんは字をさがし出した。ドアのガラスになにか書いてある。

「これはなんと書いてあるのですか」

エレーナさんは教えてくれた。

「寄りかからないで下さい、です」

車内には、週刊誌のたぐいを読んでいる人もいない。そもそも、そういうものがないのだ。たまに本を読んでいる人をみかける。たぶん、あれはSFか純文学なのだろう。

北さんの希望で、ボリショイ・サーカスを見物した。かつて来日したこともあり、テレビでごらんになった人もいるだろう。しかし、そばで見ると迫力がある。何頭ものオスのライオンに芸をやらせるのもあった。観客への危険を防止するため、周囲に金網をめぐらしてやるのだ。ライオンにハシゴをのぼらせる。それはいいのだが、そののぼりきったところは金網より高く、私たちのすぐそばである。これには、はらはらした。わっとこっち側へ飛び下りられたら、それまでだ。サーカスではピエロが愉快だった。ペーソスがないかわり、ウイットにみちていて、大いに笑わされた。

モスクワ滞在中、秋山夫妻とビクトル・スカルニク夫妻のお宅に招待された。私の作品を手分けしてロシア語に訳して下さっている人たちである。ビクトルさんは春に来日し、すでに面識がある。日本語がうまい。もっとも、奥さんは日本人である。両夫妻とも住居が同じ建物内で、いずれも四歳ぐらいのお子さんがあり、親しくつきあっておいでだった。

エレーナさんにも二歳のお子さんがあり、午後の五時ごろになると、帰宅してしまう。秋山さんやビクトルさんがいなかったら、私たちはそのあとの時間を持てあますことになったろう。

秋山さんに電話で予約してもらって、ペキン・ホテルのレストランに行った。かつては中国人の料理人がいたが、中ソ対立でみな引きあげてしまったという。したがって、ロシア人の料理した中国料理である。味は悪くない。

とつぜん、声をかけられた。

「星さんですか」

とてつもなくうまい日本語だが、顔つきはバタくさい。

「そうですが……」

「わたし、ラヒムです」

十年も前に私の作品を訳してコスモモリスカヤ・プラウダ誌にのせて下さったかたである。小松《こまつ》さんの『明日泥棒』も訳した。また『日本SF傑作集』の訳編をやり、北さん、大庭さんの作品の訳者でもある。お会いできてよかった。杯をかわしあい、あれこれ話しあった。背の高い、スマートなかたである。

「日本のSF関係の人に、わたしのことをすてきな人物だと伝えて下さい」

とたのまれた。だからこう書いているのではない。彼がスマートで魅力的な人であることは、すでに会っている小松さん、筒井《つつい》さんも証明してくれるはずである。深見《ふかみ》弾さんが電報を打っておいて下さったので、うまいぐあいにお会いできた。ラヒムさんはソ連にいる人のなかで、日本人を除いて、最も日本語の上手な人のようである。また、日本のSFに関して最もくわしい。

「赤い矢」号という夜行列車に乗り、エレーナさんの案内でレニングラードへ行く。西欧的な建物の並ぶ、ムードある街である。ドストエフスキー、チャイコフスキーなどのお墓も見た。雨が降ったりやんだり、この時季の典型的な天候とかで、しっとりした静かさが印象に残った。郊外にある、かつて皇帝の館《やかた》だったという公園にも足をのばした。林の黄色い大きな葉が風ではらはらと散り、広大で人影はあまりなく、いかにもロシア的な風景だった。三日間滞在し、そのほかいろいろと見物したが、ガイドブックの引きうつしになるので省略する。

つぎは飛行機でバクーへむかった。耳なれぬ地名だが、はるか南、カスピ海沿岸の都市である。イランに近く、人口百万の町。歴史的にも古いが、現在は石油の産地として有名なのである。なんで私たちがここへ連れてこられたかというと、ちょうどソ連の作家たちの集る文化祭が開催されるのである。

大劇場でおこなわれた開会式は、日本人にはちょっと想像しにくいものだ。おえらがたらしいのが壇上に並び、赤い幕と大きなレーニンの写真をバックに、かわるがわる大演説をぶつのである。これがソ連的セレモニーかと、いい体験になった。

まるでわからないロシア語を聞いているうちに、レーニンと赤い色とロシア文字、この三つがソ連邦の統一の象徴らしいと気がついた。まったく、ロシア文字にはまいった。レストランは PECTOPAH だ。せめて RESTRAN だと、だいぶ助かる。なぜしないのかとの疑問を口にしたこともあったが、これは非常に失礼な質問だったのかもしれない。イギリス人にむかって RESTAURANT をやめろとすすめるようなものだ。伝統なのである。

北さんがそばでささやいた。

「星さん、あの写真、だれですか。ブレジネフですか」

私はびっくりした。

「北さん、ソ連に来たんだから、せめてレーニンの顔ぐらい覚えてって下さいよ」

そのセレモニーが終ると、舞台は一変。このアジェルバイジャン地方の民族芸能がつぎつぎに上演された。イスラム文化の影響も受けており、親しみやすい楽しさがあった。

それからホテルへ戻り、宴会となる。バンドはエレキで景気のいい音楽を演奏しつづけている。大いに食べ、コニャックをしたたか飲み、乾杯しあった。そのうち、北さんが大庭さんとジルバを踊り、私は「ブレジネフ万歳」と叫び、あとはなにがなにやらわからなくなった。ブレジネフは、ラヒムさんの話によると、佐藤栄作《さとうえいさく》と同じくらい有能な政治家なのだそうだ。

翌朝はひどい二日酔い。そこを起こされ、モスクワ放送の人から、日本むけの番組のため、なにかしゃべれとたのまれた。頭がぼんやりしている。北さんも同様。

「二日酔いで、だめです」

「でしたら、ウオッカをぐっとお飲みなさい」

そんなことをしたらもっとひどくなるんじゃないかとためらったが、少しじゃだめだ、ぜんぶ飲めという。やってみると、たしかにききめがあった。

北さん、大庭さんは、あこがれのロシアの文豪たちの土地に来られた喜びを話した。つぎに私は「とにかく、ソ連の人はいいです。ＳＦを高く評価していますし」と、しゃべった。

さらに北さんは録音機のマイクを取り、ここのホテルのエレベーター係のおばさんへの好印象を語った。全身これ善意と好意のかたまりのような感じで、陽気で、楽しげで、まさにすばらしいのだ。人間として失ってはならないものが、そこにある。

なんとなくＮＨＫのドラマのなかに入ったような気分だ。エロもなく、残酷もなく、凶悪犯罪もなく、明るい未来で、健全で、コマーシャルがなく……。

そして、いささか官僚的である。一例をあげれば、ルーブルの国外持ち出しができないことは、私も知っていた。そのため、帰途ナホトカで残りが十ルーブル（約四千円）になるように使った。入国の時に、そこで一万円の両替をしている。だから、その範囲内だから大丈夫だろうと思っていたのだ。なお、買物のたぐいは外貨の通用する店ですませてきた。

しかし、担当の若い女の係はだめだという。レニングラードでもドルをルーブルに替えていたので、その書類も見せなくてはならないのだそうだ。それを私はなくしてしまった。となりの部屋は出国の検査室。ルーブルを持っていると取り上げられる。げんにアメリカ人らしいのが、入国時に申告した以上のドルを持っていたとわかり、乗船させられないと告げられ、さわいでいる。

この十ルーブルをどうしたものか。日本に持ち帰ろうとすれば、すぐ連絡されて没収されるにきまっている。そばに店はあるが、外貨しか通用しない店である。といって、捨てるのもしゃくだ。

困って見まわすと、すみに切手の売場があった。そこへ行って、これだけ切手を売ってくれないかと身ぶりで告げると、そこのおばさん、親切にやってくれた。きれいな記念切手を、めんどうがることなく何種類も取り出し、ソロバンを入れながら二、三枚ずつ、ていねいに切り離して、その金額ぴったり渡してくれたのである。まさに感激だった。かくして、楽しく出航できた。

いま私は、買って帰ったボルガ地方の民謡の合唱曲のレコードを聞いている。大地から感情がにじみ出てくるといった形容があてはまる。そして、ソ連で接したいい人たちを思い出している。

（「SFマガジン」昭和51年2月号）

## 2　クレムリン

クレムリンという名称に接すると、ものものしいイメージが浮かんでくる。巨大な社会主義国家、ソ連の政治の中心なのだから、それもむりはない。しかし、写真や漫画などを見ると、回教《かいきょう》の寺院を思わせる、丸くて先のとがった屋根がついている。あんな建物なのだろうか。似つかわしくないような気もする。つねづね疑問に思っていた点だ。といって、ぜがひでも解決しなければならない大問題でもなく、そのままになっていた。しかし今回、ソ連へ旅行する機会を得て、こういうことだったのかと、はじめてわかった。百聞は一見にしかずである。

モスクワで宿泊したのがロシア・ホテル。クレムリンのすぐそばだった。とてつもなく大きなホテルで、建物のはじには一階おきにセルフサービスの簡易食堂がある。五階のそこからそとを見ると、目の前に丸屋根を上にのせた塔がいくつもあった。日光《にっこう》の東照宮《とうしょうぐう》ほどではないが、極彩色で積み木のお城といった感じである。ただし、これは聖ワシリー寺院で、クレムリンはその少しむこうに存在している。

このロシア・ホテルはクレムリンを撮影するのに絶好の位置にあり、そして、寺院の塔はやむなくレンズに入ってしまうし、入ったほうがいいのだ。連邦内閣の建物は地味すぎ、そう面白い構図にならない。塔は点景として使われるのである。とくに巨大ともいえないが、なにしろすぐそばなので、いやに大きくうつってしまう。というわけで、クレムリンの象徴のような感じになってしまうのだ。

なお、この聖ワシリー寺院は一五六〇年にイワン雷帝《らいてい》が作らせたもの。完成してみて、そのあまりのみごとさにびっくりし、よそに建てられては困ると、その建築家の目をつぶしてしまったという。こういう無茶をやるから、革命が起こるのだ。

ホテルから寺院にむかって歩くと、なだらかな上り坂になっていて、のぼりきると赤の広場。クラスナヤはロシア語で赤いだが、古代スラブ語では美しいという意味。革命前からの呼称で、流血の赤とはなんの関係もないそうだ。これもはじめて知った。

広場とクレムリンの間に茶色の高い石造りの塀があり、その前の中央にレーニン廟《びょう》がある。赤っぽい花崗岩《かこうがん》でできていて、たえず磨かれているせいか、できたてのように美しい。入口には衛兵たちが身じろぎもせずに立っている。そこから延々と行列が並んでいる。参拝しようという人たちだ。かなりの長さである。どういう人たちなのかというと、ソ連の各地方からの観光客である。広場には記念写真屋が何人かいる。また、あとでその郵送を引き受けるのを業とする人が、小さな机を置いて仕事していた。年配のおばさんである。

せっかく来たのだから、私たちも参拝することにした。通訳の人のはからいで、列の途中に割り込ませてもらった。外国からの旅行者はいくらか優先させてもらえるのだ。しかし、ソ連人でそれよりもさらに優先して入口に行ける人たちがある。

すなわち、新婚のカップル。白いウエディングドレスの花嫁と、黒い服の新郎である。五分に一組ぐらいの割りであらわれる。そのたびに歓声と拍手ではやしたてる陽気な一団が、行列中にあった。メキシコからの旅行者たちだとのことだった。新婚さんたちはいうまでもなく楽しそうだが、聞くところによると、離婚率は五〇パーセントぐらいだという。別れたらまた再婚するのだろうから、かくも新婚が多いのかもしれない。

廟の入口をくぐる。ガラスにおおわれた棺《ひつぎ》のなかに、レーニンの遺体が安置されている。厳粛なムードで、他国人の私もなんとなく手を合わせたい気分になる。

廟のうしろが前述の塀で、これは墓標でもある。国家への功労者が埋葬され、その名が塀に書かれているのだ。ガガーリンの名もあった。この塀のむこう側がクレムリンなのだが、なかに入るにはぐるりと回らなければならない。クレムリンとは城塞《じょうさい》という意味だそうで、いわれてみるとそんな感じもする。

ソ連の行政府や国会があるのだから、きびしい警戒がなされているのかと予想していたが、さにあらず。それらの建物はごく一部で、大部分は古い教会である。そのひとつに入ると、なかは中世風、くすんだ金の飾りが各所にちりばめられ、かつての皇帝の大理石製の棺などが並んでいた。「うーん」と感心していると、通訳の女性に「ここで感心しないでください。レニングラードには、もっとみごとな教会があります」と言われた。

私がうなったのは、こんなに教会があるとはじめて知ったからである。一画に公園があり、花が咲き、手入れがゆきとどいており、広く静かである。クレムリンとは、こんなところだったのか。

なお、赤の広場の反対側はグム百貨店で、ショーウインドーに商品が飾られている。このあたりは、人びとでにぎわっている。地方から首都の必見の地へ来た人が多いので、どことなくやぼったく、交通巡査に注意され、うろうろしている。

若い軍人の姿も時おり見かける。二十歳ぐらいで、あどけない。革命後、六十年ちかい。彼らは革命について、どんなイメージを持っているのか、ちょっと知りたい気がした。考えてみると、ソ連は第二次大戦後、どことも戦闘状態になったことがないのだ。

朝鮮やベトナムに介入したアメリカと、大きくちがう点である。わが国と同じく、戦争を知らない人口が過半数になった計算である。予期していたのに反しのんびりした感じを受けたのは、そのへんに原因があるのかもしれない。

これからソ連はどんなふうに変わってゆくのだろうか。私は興味を持って眺める気分にさせられた。

（「小説宝石」昭和51年2月号）

## 3　バクーにて

うすら寒く、雨が降ったりやんだりで、しっとりした感じのレニングラードを私たちが出発したのは、九月の三十日だった。

私たちとは、ソ連の作家同盟から招待された北杜夫、大庭みな子の三人。それに通訳のエレーナさんである。彼女はモスクワの日本語学科の出身だけあって、会話がとても上手だった。ご主人はエレクトロニクスの技師だそうで、二歳になるお子さんがいる。留守宅のことが気になるらしく、毎日のように電話をかけていた。

私たちは、バクーにむかおうとしているのである。朝はやく、まだ暗いレニングラードの空港にはムードがあった。この地ではかなり多くのものを見物した。それらをあとにするという感慨のせいかもしれない。

いったい、バクーとはどんなところなのだ。こうなるとは、私たちはぜんぜん予期しなかった。行きたいところはと聞かれたら、シルクロードに関連したタシケントかサマルカンドと答えようと出発前に相談していたのである。

それが、モスクワに着いてみると、あなたがたはバクーへ行くことになっていると告げられた。北、大庭の両氏の心境はわからないが、私はべつに不満もない。案内していただけるのなら、どこでもけっこうという気分。

それに、バクーなんて、はじめて聞く地名だ。日本から訪れた人も少いにちがいない。帰ってから他人に話すには、そういうところのほうがいいともいえる。どんなところかとエレーナさんに聞いたが、彼女もよく知らないと言う。ただ、文化祭が開催され、ソ連の各地から作家が集るらしいとのことだった。

機は南へ南へと飛ぶ。四時間ほどたったころ、広い水面が見えてきた。地図によると、カスピ海らしい。イランとの国境のすぐ近くだ。茶色っぽい平原がひろがっている。

バクーの空港に着いた。そとへ出ると、かなり暑い。しかし、強い風が吹いているため、大きな扇風機のそばにいるようで、わりとしのぎやすい。持参の案内書によると、バクーとはペルシャ語で風の町という意味だそうである。

空港からタクシーで街へむかう。約三十分。道路の両側には、石油を掘るためのやぐらしいものが、たくさんあった。案内書には、ここは世界で有数の石油の産地とあった。やがて、カスピ海に面するホテルに到着。明るく大きく、近代的なホテルである。ソ連における最も新しいホテルだ。なぜそう断言できるかというと、うしろの半分が未完成で、ただいま工事中というわけなのである。

正面の壁面には大きなレーニンの写真と「文化祭万歳」といった意味らしいロシア語が飾ってある。この大会にまにあわせるため、工事を急がせたような感じがした。

いちおう各自の部屋に落ち着くため、エレベーターに乗る。その時、私たちと入れ替りに、どやどや出てきた一団があった。作業服を着た日本人という印象を受けたが、まさかそんなことはない。なにかの錯覚にちがいないと自分に言いきかせた。しかし、あとで知るところによると、クーラー製造工場を作るために来ている、三洋電機の技術者たちで、百五十人ほどこのホテルにとまっているという。この地の夏はかなり暑いらしい。それにしても、ここにそんなにたくさんの日本人がいるとは。

夕方、大庭さんが街を散歩しようと言う。彼女は地理音痴を自認しているが、その点、私は自信があるのだ。レニングラードから来ると、まさに南国である。古風な建物が並び、二階のバルコニーまでブドウのつるが伸びている。日は暮れたが東京のようにけばけばしいネオンもなく、といって暗くもなく、感じがよかった。海岸公園は樹木が多くて、すがすがしい。ソ連は治安がいいと聞かされており、どうやらそうらしいと実感しかけてきたので、安心して歩きまわれた。途中、店に入り、蕗谷《ふきや》虹児《こうじ》の絵のような木製の壁飾りを買った。指さして金を払ったら、手に入ったというわけである。たまには通訳なしで、なにかをしてみたくなる。

ホテルへ戻ると北さんが一眠りして元気になっており、最上階のバーに行って飲んだ。日本人技術者たちのためにか、サントリーがおいてあり、なつかしくなりそれを注文した。バクーは坂が多く、夜景が美しい。カスピ海に映るためである。なんで自分は今ここにいるのかなと、ふと思った。

翌朝、食卓につくと、黒い髪で中背の四十歳ぐらいの男の人が同席した。どうやら私たちのための世話役らしい。黒ぶちの眼鏡をかけていて、にこにこしつづけている。その人はビクトルさんといい、レニングラードでアラブ文化を学んだという。ソ連では外国を大ざっぱに、西欧、アメリカ、アジア・アフリカの三つに分けている。日本ならこの人と、ビクトルさんが割りふられたのかもしれない。案内書によると、この地方の人はアラブ系が多く、顔つきが非常にきつく目つきがけわしいとあったが、彼はぜんぜん逆である。

案内されて、この地の名産であるジュウタンの美術館へ行く。古いものから新しいものまで、いずれも手のこんだ細工で美しい。そのあと、十四世紀ごろの宮殿を見物。古いアラブ文化を感じさせられた。大きすぎたりせず、小さくまとまっていて親しみやすかった。そばに浴場のあとという石造りの建物がある。大庭さんが「どこにおふろがあるの」との疑問を口にしたが、古代においては蒸気浴だったのである。湯気を立ちこめさせた部屋のことなのだ。

「これから、文化祭の人民集会があります。行きましょう」

とビクトルさんが言う。具体的にどういうことなのか、エレーナさんに聞いたが、よくわからないと言う。すすめられるまま車に乗ると、それは空港に着いた。どうやら、大会に来る作家たちを迎えることらしい。少年少女たちが、この地方の民族衣裳《いしょう》を着て、踊りの練習をやっている。

やがて、飛行機が二機、あいついで着陸した。ぞろぞろと乗客がおりてくる。各地の作家たちである。空港に臨時に作られた台の上にその人たちが並び、赤旗と拍手の波で歓迎を受ける。ビクトルさんが、私たちも台の上へあがれとすすめる。謝絶しては悪いとちょっとのぼったが、照れくさくてすぐおりてしまった。

それから車をつらねて、ホテルへとむかう。沿道のところどころに人が集っていて、赤い旗を振り、花を投げてくれる。つまり、パレードである。生れてはじめての経験で、消え入りたい思い。大庭さんは「作家とは密室のなかで孤独な作業をする人のはずなのに」とつぶやく。北さんも私も同感だった。その違和感を消そうと、またバーへ行き、夜までの時間をつぶした。

つぎの日は、革命に倒れた人たちの碑に花をささげるのだという。私たちも行列に加わった。そこも公園になっており、緑が多くて美しかった。終って、いちおう解散。

大庭さんが「市場を見たい」と言い、ビクトルさんが案内してくれた。活気があり、人なつっこい印象の人ばかりいて、豆だの野菜だの果物などを売っていた。この地方の料理の特色は、なまの葉っぱがむやみと出てくる点で、そのたぐいもたくさん並んでいた。

丘の上にキーロフ公園というのがあり、そこへのぼる。左に街が一望のもとに見おろせた。前にはカスピ海がひろがっている。右手は石油の工業地帯。案内書によると、その部分は撮影禁止だそうだが、ビクトルさんはべつに注意もしなかった。もっとも、殺風景な眺めで、私もシャッターを押す気にならなかった。

おそい昼食のあと「これから大会があります」とのこと。なにがはじまるのかわからないが、案内されるままついて行く。大劇場のようなところで、壇上の後方には赤い幕があり、レーニンの写真と国旗とが飾られている。その前におえらがたがずらりと並び、かわるがわる演説をはじめた。このバクーを首都とするアジェルバイジャン共和国の書記長のが最も長かった。エレーナさんの説明によると、学校など文化設備の向上の報告がなされているのだという。言葉がわからないながらも、これがソ連式の大会なのかと、私は興味を持ってその一時間半をすごした。客席は時おりの拍手のほか、いやに静かだった。

いったん休憩のあと、ふたたび舞台の幕があがる。さっきまでのとは一変して、歌と踊りのショーとなる。どれもすばらしく、はじめて来てよかったと思った。少年たちがかわるがわる声をはりあげて歌う。よくあれだけ息がつづくものだというほど長い長い発声である。感心させられた。

ホテルへ戻ると、食べほうだい飲みほうだいのパーティとなった。エレキのバンドが演奏しつづけている。ワイン、コニャック、ウオッカ。どれもうまいし、みな楽しげである。私たちも楽しくなってきた。作家の会議だなんて言うから緊張させられたので、実体はお祭りなのであった。パレードも演説も、その開幕の儀式と受け取るべきだったのだ。
なかに、いやに日本人に似た二人組みの男がいた。エレーナさんに「あの人たちは」と聞くと、モンゴル共和国の作家で、やはり招待されて来たのだという。すごく親しみを感じさせ、むこうもタバコの火を借りにきたりしたが、残念ながら、それ以上はどうにもならなかった。モンゴル語・ロシア語の通訳とロシア語・日本語の通訳であるエレーナさんがそろわないと、意見の交換ができないのだ。

ソ連では公的な状態だとかたくるしいが、そうでなくなると、じつに感じがよい。かなり飲み、いい気分になって眠った。つぎの朝になると、大庭さんに起され「モスクワ放送の人が、日本むけの番組のために、なにかしゃべってだって」と言われた。われわれ三人、かわるがわる、ソ連の人たちへの好印象を語った。これが昨日の朝だったら、皮肉のひとつも言ったかもしれない。

やっとビクトルさんとも親しくなりかけ、エレーナさんを通じて冗談をかわすようになった時は、モスクワへむけての出発だった。旅とは、そういうものなのだ。なごりおしい。飛行機のそばで手をにぎりあって別れる。

機上からロシアの広大な大地をながめながら、なぜビクトルさんがわれわれの世話をしてくれたのだろうと考え、やがてわかった。バクー地方の人たちは、アジェルバイジャン語を使っているのである。彼はロシア語もできるので、そのための通訳だったようだ。あらためて、ソ連という国の大きさを考えさせられた。日本やアメリカのような単一の言語の国の常識があてはまらない。大会の客席が静かだったのは、演説がロシア語だったからではなかろうか。

ほかの作家たちは、数日がかりでバクーの近くの町を見物して回るらしい。そうとわかっていたら、もっと残るようにすればよかった。北さんは予定があって早くモスクワに戻らなければならなかったのだが、大庭さんと私は、その気になればあと二日ほどここにいられたのである。

バクーの作家同盟から、コニャックなどのおみやげを一包みもらった。なかにはアラブ風のかざりのついたボールペンもあった。ソ連ではボールペンが不足しているなどという話を聞いていたが、そんな時期は終ったのである。おみやげのなかには、紅茶もあった。日本に持って帰ったら「すごくおいしい。イギリスのよりもいい味だ」と好評だった。新発見だと、ソ連産の紅茶をさがして入手したが、それはさほどでもない。やはり紅茶はバクーに限るようだ。

(「窓」昭和51年4月号)

〈追記〉ソ連旅行について書いたのは、この三編である。のせた雑誌がちがうので、一部に重複がある。手なおししようかと考えたが、それをやると文章の流れが乱れるので、そのままにした。乱れるというほどの文ではないのだが、このたぐいは、けっこうやっかいな作業なのである。

＊

最初のところで「クイントリックス式」という言葉が出てくる。最近の人、どれくらい知っているだろう。あるテレビ受像機のコマーシャルで、外人と日本人がこれこそ正しい発音とやりあうもので、大流行した。気のきいたアイデアで、うまくもできていた。日本的な外国語の存在が、これで大っぴらになった。

しかし、流行というものは、はかない。けずってしまおうかとも思ったが、旅行記というもの自体、ある一時期とかかわりあっているものである。

それにしても、将来、どうなるのだろう。コマーシャル大百科といった本か年鑑でも出版され、それなしには昔のエッセーがわからないということになるのだろうか。

＊

ソ連は妙な国で、もっと書くこともあったのだが、これだけである。同行の北さんがくわしい紀行文をある新聞に連載し『マンボウ周遊券』という本になった。それとの重複になってしまうのだ。おたがい年齢も大差なく、同じ東京の山《やま》の手《て》育ち、決定的な意見の対立というものもない。

しかし「赤い矢号事件」は珍事であり、私も関連しているので、北さんの本のなかから要約引用しておく。

＊

「赤い矢」号とは、モスクワを夜半に出発し、レニングラードに行く急行列車。大型でムードのある車両である。

一部屋に四人が入れるが、北さんと二人で使用ということになった。上段の寝台は使われず、下段のにそれぞれが寝るのである。

北さんも私も寝酒の癖がある。日本から持参したサントリー・オールドが四分の一ほど残っていた。グラスと水を入手し、水割りにして飲んだ。さらに睡眠薬も少し。

そして眠ったわけだが、ふと目がさめた。尿意のためである。トイレに行こうとしてドアをあけようとしたが、それがなかなかあかない。

がちゃがちゃやっているうちに、北さんの目をさまさせてしまった。彼もトイレに行きたいと手伝ってくれたが、ドアはびくともしないのだ。

窓ぐらいあるんじゃないかと調べたが、酔っているせいか、ねぼけているせいか、みあたらない。なかったのがさいわいで、もし簡単にあく窓があったら、私はロシアの大地の土となっていたであろう。

たよりになるものといえば、ウイスキーのあきびんぐらい。しかし、そのなかに小便をすることは困難である。そこで、まずグラスにし、それをびんに移すということをくりかえし、なんとかなった。私はそれから、

「まさに悪夢だ」

とつぶやき、ふたたびあっさりと眠りに戻った。しかし、そのあと北さんは、自分のがうまくびんに入りきれるかどうか、かなりのサスペンスを味わい、ねむけも消えてしまったとのこと。申しわけのないことをした。

翌朝、隣室の壁をたたくと、エレーナさんがそとからあけてくれた。しかも、あっさりとで

ある。この幽閉の原因はわからずじまいだが、ロシアの人は私たちが考えている以上に力があるのではなかろうか。ねぼけ半分の北さんや私の力では、不足だったのだろう。

しかし、びんとグラスがなかったらと思うと、ひや汗がでる。

＊

ソ連で感心したことは、文化財の保存に意外なほど努力がなされている点である。「宗教はアヘンなり」と言いながら、建物や美術品としての教会には、万全といっていいほどの対策がなされていた。

レニングラードのネフスキー修道院の墓地には、チャイコフスキーをはじめ、ムソルグスキー、ルビンシュタイン、リムスキー・コルサコフ、グリンカなど、大芸術家の墓がずらりと並んでおり、人出も多からず少なからず、忘れえない思い出となった。さまざまな彫刻がほどこされていて、それぞれ個性的なのである。

そこの入口で、老婦人が物乞《ものご》いをやっていた。あれれと思ったが、よくよく見なおすと、やってきた人たちから金を集め、花を買って墓地にそなえるのを老後の生きがいにしている人のようだった。みすぼらしい身なりではない。そうとすれば、好ましいことである。金を出す民衆もまた。

モスクワの墓地では、フルシチョフの墓も見た。なかなかモダンなデザインで、けっこう人だかりがしていた。地方から出てきた同世代の人には、親しみのある印象を残しているのではなかろうか。

当時はスターリンの名誉も半分ほど回復され、クレムリンのレーニン廟《びょう》のそばに、像が作られていた。いい悪いは別として、早いところ歴史上の人物にしてしまおうというわけであろうか。賢明な方針かもしれない。

そのクレムリンの壁には、ソ連の有名人にまざって、ひとりの日本人の名がきざまれている。片山潜《かたやません》である。知らない人が大部分だろうし、私もそうだった。しかし、父が生前に、

「アメリカ時代、片山潜と意気投合してねえ」

と言ったことがあるのをおぼえていた。そこで『明治・父・アメリカ』という本を書く時、片山潜の自伝の前半をくわしく読んだ。しかし、後半はそのまま。機会があれば読了しようと思いつつ、まだである。

アメリカの神学校を卒業し、日本における共産党の創立者として、異国の地で死に、ここに名を残している。興味ぶかい人物であるのはたしかだ。

＊

私たちはソ連からいやな印象を持ち帰らなかった。そこで暮すとなると官僚主義でねをあげることになりそうだが、招待された旅行者であり、なにかと優遇されたのである。

また、国民性として、客をもてなすのが好きらしい。バクーの大会など、上からの指示もあったろうが、ほのぼのとしたものも伝わってきた。

モスクワのホテルのセルフサービスの食堂。中年のおばさんが料金を扱っているわけだが、私を旅行者とみて、つり銭のなかにレーニンの像をきざんだコインをまぜてくれた。持ち帰り、

いい記念になった。入手しにくいもののようで、手に入ったのはこの一枚だけ。こういうことは、いつまでも心に残る。

——昭和53年7月

＊

大演説を聞かされたアジェルバイジャンの書記長、さらに昇進し、現在は中央政治局員となった。日本でいえば大臣格。新聞でアリエフという名を見るたびに、当時のことを思い出す。

——昭和60年10月

# 東南アジアめぐり

１９７７年

# 1　心霊手術

「まもなくマニラ国際空港でございます」

と機内アナウンス。十一月四日の夕方のことである。いったい、フィリピンとは、どんなとこなのだろう。

ことのおこりといえば、SF仲間の斎藤伯好《さいとうはくこう》がこんな話を持ち出したからだ。

「おぜん立てをするから、作家たちで東南アジアの旅をしませんか」

「行く行く。よろしくたのむ」

私は飛びついた。原稿を書くのがいやでいやで、仕事を断わる口実になるのなら、なんでも利用したい気分だったのだ。また、東南アジアはまだ行ったことがなかったので、いい機会でもある。寒い日本を抜け出して、太陽の国々を訪れるのも悪くない。

同行者は豊田有恒《とよたありつね》。彼は東南アジアの古代史に関心がある。それと、田中光二《たなかこうじ》。彼はタイに行ってきてから、東南アジアの礼賛者になっている。

案内役としてSEAPCENTRE（東南アジア観光センターのことで、斎藤伯好がその所長なのだ）の永見さんもいっしょである。こういう頼りがいのある人が同行してくれなかったら、私は行く気にならなかったろう。戦中派の理科系で、英会話がまるでだめなのである。

着陸した機から出ると、たちまちあたたかい空気に包まれる。南国に来たんだなあという実感がする。

とりあえずホテルへ荷物をおき、食事をしに出る。そのレストランはかなり広く、ビュッフェスタイルで、ステージの上では民族舞踊が演じられている。スペイン系の混血の美女たちが多い。客席には日本人の団体もいるようだ。しかし、こんなことをいちいち描写していたら、きりがない。私たちは適当に酔ってホテルへ戻って眠った。

さて、翌日。朝食のあと、豊田、田中、永見の三氏は郊外の滝の見物へと出かけていった。永見さんは私のために手配をしてくれた。

「午前中の市内観光。日本語のわかる運転手がついて、三千八百円。ホテル専属のハイヤーですから、安全でしょう」

部屋でぼんやりしていてもしようがないので、ちょうどいいと、それを利用することにした。四十歳ぐらいの男が運転手である。色は浅黒い。もっとも、この国の人はみなそのようである。

助手席に同乗し、出発となる。あいさつをし、話しかけてみて、いささか驚いた。たどたどしい日本語を少し話すが、こっちの言うことはまるで通じない。

「これは、なんとか通り」

と説明はするが、なにか質問すると毎回、

「ああ、そうですか」

と答えるだけ。人間テープレコーダーである。やむをえず英語を使ったら、がぜんムードが一変した。話がはずみはじめたのだ。そばに英語のうまい日本人がいないと、あやしげきわまる私の英語も、なんとか調子が出てくるのだ。以下の会話は、私が英語、彼が日本語である。

「あの建物はなにか」

「大学。おりましょう。写真をとってあげる」

「ありがとうを、タガログ語でなんと言うか」

「サラマート・ポだ」

親しみがましてくると、彼は切り出した。

「女はいらないか」

「いま、そんな活力はない」

「だったら、精力のつく薬を売っている店へ案内する」

日本の男は女好きと思い込んでいるらしい。参考のために相場を聞こうかと思ったが「参考のために」に相当する英語が頭に浮かばない。その前おきなしで聞いたら、その気ありと思われ「いくらならいい」と、さらに複雑な会話をせざるをえなくなっただろう。

「わたしはジェントルマンである」

これが適当な答えだったらしい。彼はあきらめたのか、私を尊敬しはじめたのか、案内に熱がこもりはじめた。とにかく陽気で気のいいやつである。

サンチャゴ要塞《ようさい》跡は公園のようなところで、手入れがゆきとどいている。小学生か中学生と思われる女の子の団体が、あちこちに来ている。

「カメラを貸しなさい。いっしょにとってあげる」

彼が声をかけると、彼女たちがきゃあきゃあ声をあげて集ってくる。楽しい気分だ。国民的英雄、ホセ・リサールにゆかりのある建物があるが、観光案内書を読むからいいよと、苦しげな日本語の説明をことわった。

それにしても暑い。日本の真夏である。そして、私はワイシャツ姿。

「半そでの、あなたの着ているようなシャツが買いたい」

裏通りの民芸品の専門店に案内され、マニラ麻製のシャツと、かさばらない品をいくつか買った。見ると、しゃれた絵柄の小さな版画みたいなものがある。それも何枚か買った。

「ところで、これはなんであるか」

と聞いたら、クリスマス・カードとのこと。そういえば聞いたことのある音楽が流れているなと気になっていたが、クリスマス・ソングだった。この暑さのなかでねえ。

「車の持主が代金の八割を取り、わたしは二割をもらう」

運転しながら彼が言う。まことに気の毒であり意気投合してきたので、チップにと日本の千円札を進呈した。伊藤博文《いとうひろぶみ》を見て、彼が私に聞く。

「この人は政治家か」

「さよう。昔の偉大なる政治家である」

いかに偉大かを知らない日本人が多いのだ。彼もこれで、かなりの日本通になれたというものだ。

「ミツビシとは人の名前か」

「いや、マークの名である」

答えながら、マークを社名にするのは日本以外にないのじゃないかと気づき、私も少し利口になった。

おかげでマニラ市内の見どころを、ひとまわりできた。ホテルへ戻る。軽い昼食をすませ、ロビーのそばの喫茶室でコーヒーを飲む。運んできた女の子に言ってみた。

「サラマート・ポ」

「ども、ありがと」

という返事と、うれしそうな笑い声とがかえってきた。スペイン系の混血女性は美しいが、純フィリピンの女の子にはかわいらしさがある。ウエストがきゅっとくびれていて、背は低いがスタイルがいい。

やがて、約束の時間にエリザベスさんがやってきた。三十歳ちかい英国系の混血の女性で、ここの観光局につとめており、昨夜もちょっと会っている。アメリカへ留学したことがあるそうで、英語がうますぎ、気おくれがしてこっちは会話に苦労する。

そんなことはともかく、彼女はこれから私を、心霊手術をしてくれるところへ連れていってくれるのである。

フィリピンでこの神秘的な療法がおこなわれていることを、私はテレビで見て知っていた。だから、旅行前に、冗談半分で口にした。

「行ったついでに、受けてみるかな」

何回もしゃべっているうちに、本気らしいぞと思われ、かくのごとく手はずがととのえられてしまった。私だけがこの日に別行動となったのは、そのためである。

ものずきと言われれば、そうにちがいない。しかし、出かけるからには、なにかひとつSF的な体験もしてみたい気もあった。それに、現実にいくらかの期待もしているのだ。私が頸肩《けいけん》腕《わん》症候群というやっかいな病気にとりつかれて、二年ちかくなる。

一種の職業病で、ひどい時には万年筆で原稿を一行ほど書くと、手の力が抜けてどうしようもなくなってしまうほどだった。鉛筆でメモを取ることはできるのだが、原稿用紙にちゃんと書こうとすると、自分のなっとくのゆく字が書けないのである。発想や構成の段階で苦しむのならいたしかたないが、字にする段階で苦闘するのだから、残酷な症状である。といって、作家の看板を出しているとなると、ぜんぜん書かずにもいられない。

最もききめのあるのは、精神安定剤。しかし、この薬の連用の危険なことを知っており、よほどのことがないと使わないことにしている。つぎにきくのは、東洋医学のハリ。なぜ効果があるのかと興味を持って調べてみたが、現代の科学常識では未解明とわかった。しかし、やると調子がいいのである。悪化防止のため、定期的にかよっている。

そして、それ以外に手のつけようがなし。私はエッセーで書いたことがある。

「……西洋医学は、生命に関係のない分野においては、はなはだおくれている……」

　すると、ある医学者から手紙をもらった。

「私も同様の症状で悩みましたが、血液の精密検査の結果、コリンエステラーゼの不活性化とわかり、ビタミンB12の注射でなおりました」

　そういうこともあるかと、私も血液検査を受けたが、それについては異常なし。盲腸の手術をやってもらった行きつけの近所の医者も、このたぐいはと、お手あげである。

　外見上なんともなく、命にかかわらないのだから、だれも同情してくれない。なまけているように見られ、まったく面白くない。

　心霊手術を受けてみる気になったのは、そのこともあってだ。だめでもともと、なおればもうけものである。

　車を運転しているエリザベスさんに聞いた。

「危険はないんでしょうね」

「それはありません」

「見たことはありますか」

「何回かあります」

　危険はないと知ってはいるものの、聞かずにはいられない。手術と名のつくものを、これから受けようというのである。平然とした気分でいられるわけがない。出発前、冗談半分で言ったことが、いまやここまで来てしまったのだ。もはや引きかえせない。

古びた教会のようなところへ連れてゆかれるのかと思っていたが、着いたところは、なんと市内の中央の、一階には日航の支店もある大きなビル。名作『ローズマリーの赤ちゃん』以後よく書かれるようになった、近代都市での怪異というパターンの小説をいくつか思い出した。

入口を入ると、一階に心霊手術の患者受付けの小さな事務所があった。正確にはFAITH-HEALER（信仰治療）と呼ぶらしい。壁には免状らしいものが飾ってある。

「あれがライセンスか」

「はい」

しかし、微妙な症状となると、私の英語ではどうしようもない。指のしびれ、字の崩れなど、どう言えばいいのか、見当がつかない。

「あそこの日航の支店から、だれか日本語のわかる人を連れてきて下さい」

それが通じたらしく、ビルの五階に案内された時には、大津ゆりさんという若くきれいな日本女性があらわれた。言葉の件については、いちおうほっとする。ドアをあけて、なかに入る。待合室と治療室は、簡単なカーテンで仕切られている。貫録のあるフィリピン女性が世話係らしく、なにはさておき、まず見学してくれと言う。おっしゃる通りだ。

机ぐらいの高さの台の上に、白人の老人がうつぶせになっている。治療師はフィリピン人の男性。

祈禱《きとう》もなければ、催眠術らしきこともしない。メルカドとハイナルという名であることは、あとで教えてもらった。二人がかりで、いともむぞうさに患者のふくらはぎをもみはじめた。そのうち、指がなかにめりこんでいった。うす赤い血が流れ出てくる。

さほど大量ではない。そのなかに黒っぽい粒状のものがまざっている。これが悪くなった原因なのだそうだ。つづいて、褐色の鳥の臓物のようなものと、白っぽい脂肪の塊のようなものが出てくる。それらを金属製の皿にのせ、捨てる。そのあとをガーゼでふくと、傷あとひとつ残っていなかった。時間にして、約五分。

テレビで見ているとはいうものの、こうまぢかで直視すると、どえらいショックである。その時、私は青ざめていたにちがいない。気分を落ち着かせるために、待合室に戻り、椅子にかけて大津さんに話しかける。

「あれでなおるんでしょうか」

「あまり大きな期待は抱かないで下さいって、ここの人はいっています。持病の頭痛をなおしてもらおうとやってもらいましたが、あたしの場合はだめでした。でも、車椅子でやってきて、ダンスが踊れるようになった人も見ています……」

大津さんも体験者と知り、どうやら無害はまちがいないと安心する。私が症状を伝えてもらうようにたのむと、彼女は言った。

「すると、作家の星さんですか。作品は読みましたよ」

ここにも読者がおいでだったとは。またも治療室のほうから呼ばれた。

「つぎの患者のをごらん下さい。写真をおとりになってもかまいませんよ」

その次は私だと思うと、とてもカメラどころではない。患者はやはり白人の老人で、こんどはあおむけになっている。治療師の指先はへその左下あたりに入り、さっきと同様なものを取り出した。

どうやらアメリカから来る患者が多いらしい。なにかで読んだ記事を思い出した。大戦中、日本軍がこの地に進出した時のことである。米軍捕虜のなかに病人が発生した。あいにくと薬もない。みかねた日本兵のひとりが、お灸《きゅう》をすえてやった。そして、その兵士は戦後、捕虜虐待の罪で処刑されてしまった。現在は、アメリカからこんな療法を受けに来るやつがいる。時代の流れというものか。

さて、いよいよ私の番である。シャツとズボンをぬぎ、パンツひとつの裸となる。新しいのをはいてきてよかったと、つまらぬことが頭に浮かぶ。ビニール張りの治療台の上にあおむけになる。消毒をしたけはいのないのがどうも気になるが、いまさらじたばたもできぬ。

「心配ですか」

とエリザベスさんが聞く。そりゃ、そうだ。私はうなずく。大津さんもそばにいてくれる。治療師たちが話しあっている。英語、日本語、タガログ語が交差している形だ。

助手らしい男がひとり私の左側に立ち、心臓の上に手を当てる。鼓動の状態を調べていて、危険になったら中止するつもりなのだろうか。

いよいよはじまった。右肩の少し下のあたりである。指でさわられている感じはするが、べつに痛みはない。大津さんがのぞきこんで、こう言っている。

「あ、骨が見えてきたわ」

それから右腕のひじの近く、つぎに手の親指のつけ根のあたり。やがて、これがそうですと見せられた。やはり同様のものである。こんなものが自分の体内から取り出されたとは。なんともいえぬ妙な気分である。

これで終りかと身を起そうとしたら、制止された。マッサージがなされ、メンソレータムのようなものが、まんべんなくぬられた。合計、約十分間。大津さんが通訳してくれる。

「消毒のための薬です。今晩は右手を洗わないで下さいと言っています」

「酒はいいんでしょう。少しなら」

私は酒を飲まないと眠れないのだ。そのほうが気になる。絶対禁酒ということではなさそうだった。

これで患者はひと区切り。待合室に老婦人が二人いたが、いなくなってしまっている。どうやら、さっきの患者たちの夫人だったようだ。

「いったい、どうして、あんなことができるんでしょうね」

「神さまに与えられた力によってです」

それが治療師の答え。謝礼はと大津さんに相談すると、いくらでもいいのだという。これには困る。だいたいのところはと聞くと、外人たちは二十ドルぐらい払っているみたいだという。私は財布から日本金七千円を出して渡した。治療師は喜びもしなかったが、いやな顔もしなかった。

大津さんと別れ、エリザベスさん運転の車でホテルへ帰る。途中、私は手の個所をながめつづけだった。かすかに四角くあとが残っているようでもある。

豊田、田中、永見の三氏はすでに帰っていた。みな口々に私に聞く。

「どうでした」

「いや、すごいのなんの……」

私は興奮のさめないまま、あらましを話した。

「自分のも見たんですか」

「あおむけに寝かされてたので、それはできなかった。痛みは少しもない」

豊田、田中の両氏は、そういうものなら見たかったという。彼らの郊外の滝見物は、急流を小舟で下り、びしょぬれにはなったがスリルがあり、それなりに面白かったらしい。しかし、SF作家は奇現象にも関心がある。二人は私のからだに残る、四角なあとをみとめた。そして、言う。

「本物でしょうか」

「半信半疑だね。ほとんどあとを残さず、あんなものが体内から出せるなんて、考えられない。しかし、あの療法は六百年ほどの歴史を持ち、治療師の協会ができて四十年。何人もいるそうだ。となると、まったくのでたらめとも思えない」

正直な感想である。半信の根拠はもうひとつある。指を突っ込まれた個所は、ハリや灸のツボに当っているのである。

「それはそうと、マニラ湾の夕日を見物に行きませんか」

と永見さんが言う。そうだった。ホテルのハイヤーで海岸へむかう。ところが、それが簡単にはいかない。昼間はさほどでなかったが、会社のひけ時。どこからわき出たのかと思えるほどの自動車が、路上でひしめきあっている。渋滞なら東京にもあるが、あんな整然としたものではない。それぞれが勝手な方向をむいて、入り乱れているのである。ジープを改造して派手に飾り立てた当地独特の小型バスから、日本製、欧米製、しかも新旧とりまぜである。

国電と地下鉄がなかったら、東京もこうなっていたかもしれない。モノレール建設の計画が進められているという。しかし、まだ実現していない。すなわち、私たちは日没を見そこなってしまったのである。

その日の夕食の時、私は酒をひかえた。もっとも、眠る前には少し飲んだ。もちろん、注意を守ってシャワーもあびず、右手は洗わなかった。

つぎの日は、早く起こされた。ダバオへ行くことになっているのだ。なにしろ、今回の旅行は、かなりのハードスケジュールなのである。

マニラ空港から一時間半、南へ飛ぶ。ミンダナオ島にある港町である。ホテルは二階建てだが、海岸ぞいで、しゃれたつくりだ。現地の観光関係の人があらわれ、

「これから島へ行きましょう」

と言う。どういうところかわからないが、そうなっているのだ。小型の遊覧船に乗り、海へ出る。マニラよりさらに暑いが、甲板にいると風が当って気持ちがいい。休暇を楽しむといった感じの、現地の人の小人数のグループも同船している。ドリアンなどの果物を持参して食べ

ており、私たちにもすすめてくれた。フィリピンの人たちは、他人に対して親しみを示す性格のようだ。当然こちらも好感をいだく。

豊田、田中の両氏が話しあっている。

「この国の女の子はスタイルがいいね」

「うん、ヒップとバストが発達している」

私が口をはさんだ。

「なぜだか知っているか。心霊手術によってなにかを突っこみ、ふくらませているんだ」

やがて、サマル島に着く。熱帯魚のいけすがあり、養殖真珠の展示館がある。ここに来て真珠製造の説明を聞かされるとは。真珠産業もやがてはこのへんが本場になるのかもしれない。なにしろ、海の水がすばらしくきれいなのだ。

すぐ沖には、白い砂浜の小さな島があり、ヤシの木の林がある。アメリカ漫画の、孤島物の舞台になりそうな気がする。

風景はグアム島に似た感じだが、あそこほど観光、保養地化されていず、ハワイやグアムにあきた人には好まれそうである。

田中光二はスキンダイブが趣味。

「もぐる道具を持ってくればよかった」

と残念がっている。私たちは小島に渡ったり、浜でねそべったりして時をすごした。豊田、田中の両氏は海水着を持ってきていて、泳いでいる。私は右手のひえるのを警戒して泳がないことにしているが、手でさわると水はかなりあたたかい。ではひとつと思ったが、あいにくと売店が休みだった。

のんびりする。小さな魚のむれが波打ちぎわを泳いでいる。

昼食後、浜辺の椅子でくつろぎながら、私は昨日の心霊手術のことを考えた。あれは、なんだったのだろう。手品だろうか。治療師たちは、長袖の白衣は着ていなかった。しかし、熟練すれば、あれぐらいのことは、できないこともなさそうだ。体内からあんな鳥の臓物のようなものが出るとは、とても思えない。

三ヵ所から取り出したと称するその量は、手のひら一杯分ぐらいあった。それなのに、手も、ひじのへんも、左手とくらべて少しもへこんでいない。鏡にうつしてみたが、肩に近い胸のあたりも、目立つほどへこんでいない。さわってくらべても、ちがいはない。

そこで、私なりの推理をした。たぶん手品で、心理的ショック療法プラス指圧といったものではなかろうかと。すでにテレビで見ていてさえ、私は青ざめた。予備知識なしに見せられたら、飛び上るか、気が遠くなるかしたにちがいない。しゃっくりなんか、いっぺんにおさまるだろう。暗示でなおるたぐいの病気には、いくらか効果を示すのではなかろうか。

手品と推定しては、神の力によっておこなっていると称する治療師たちに怒られるかもしれない。しかし、手品だったとしても、払った七千円が惜しいとは思わない。あれだけ強烈な刺激を見せ、体験させてくれたのだ。

まあ、そんなとこではなかろうか。

私はふたたび船でダバオへ戻り、市内観光。寺院、シティホール、チャイナタウン、商店街などを回った。再開発が進んでいるが、古い街並みも残っており、南の国の地方都市といったムードがある。薄暗くなりかけたころ、スコールがあり、まもなくやんだ。すがすがしい空気。ホテルへ戻って夕食。フィリピンでの最後の夕食である。明日はここを出て、マニラ空港で乗りかえ、シンガポールへむかうのである。あわただしい日程で結論を出すのは早いかもしれないが、この国のスープは、どこのもすばらしい味だった。

ここのホテルでは豊田有恒と同室。彼にえらい迷惑をかけてしまった。目ざまし時計の針を合わせちがえ、午前三時ごろ、それが鳴ってしまったのである。あやまると、彼は言った。

「ちょうどいい。原稿を書きます」

短篇をひとつ、旅行先から雑誌社に送る約束になっているらしい。彼は机にむかって、本当に書きはじめた。

「若い人はいいなあ。じゃあ、ぼくはもう少し寝るから。適当な時間に起してくれ」

「ところで星さん、手のぐあいはどうです。字を書くのはまだ苦痛ですか」

「メモはとれるが、なおったかどうかは、原稿用紙にむかってみなくてはわからない」

私は書斎以外では原稿の書けない性質であり、その結論は帰国してみなければ出せない。

そして、十六日の行程をこなして帰国。前年のソ連旅行では時差が大きく、帰ってからしばらくおかしかったが、東南アジアではそれがなかった。

留守中に新聞や手紙がたまっていた。新聞を熟読しかけたが、大変な作業と気づき、大見出しを眺めて、それで終り。

手紙もたいした内容のはなかった。しかし、簡単な返事を要するものがある。やむをえず書いたが、とくに調子のよくなった感じもしない。

ある出版社から七枚ほどのエッセー原稿の依頼があった。これには義理がからんでおり、書かざるをえない。しかも、急いでたのむという。

いちおう下書きを作る。読みなおし、いろいろと手を入れる。この段階では、そう苦痛はないのだ。もっとも、とても文字とは呼べないようなしろものである。日をおくと、自分自身でさえ、この部分はなんと書いてあるのか、わからなくなってしまうほどだ。

私の場合、ここからが大変な苦労なのだ。まさに、第三者には理解できないことだろう。この清書の段階で、形容詞が一段と適当なものになり、さらに効果的な伏線が加わったり、読みやすさへのくふうがなされ、いわゆる私なりの文体となり、最後の仕上げがおこなわれるのである。

なんでこんな癖がついてしまったかというと、枚数の指定されたショートショートをいくつもこなしてきたからである。まことに能率の悪い話だが、第一稿よりよくなっているのはたしかである。本にまとめた場合、売れ行きが倍になれば同じではないかと自分に言いきかせ、ついに抜けられない習慣になってしまったのだ。

つまらぬ楽屋裏をばらしてしまった。

かくして下書きはできたが、旅の疲れも残っているせいか、清書する元気が出ない。

「申しわけないが、かくかくの事情。下書きのままお渡ししますから、テープレコーダーご持参の上、取りに来て下さい」

私が原稿を読みテープにとれば、かなと漢字の使いわけの見当もつき、ゲラでもう一回なおせば、なんとかなるだろう。こんなことははじめてであり、はなはだ気が進まなかったが、小説ではないからと自分にいいわけをして、それですませた。

つぎの依頼がSEAPCENTREの月刊ニュースへの五枚ほどの文章。今回の旅行で大いに世話になったところである。これも断われない。清書をして渡した。気心の知れた出版社が相手ではない。読める字の原稿を渡さなければならないのだ。やっとの思いで書き上げた。

どうやら、心霊手術のききめはなかったようだ。

とくに大きな期待を抱いていたわけではないから、そうがっかりもしない。しばらく前から、この症状は容易になおらないものだと覚悟するようつとめていた。病気と共存をはかろうという方針である。大はばに執筆をへらし、ほそぼそと書きつづけていこうと。

それも不可能の時には、下書きとテープとを渡してかんべんしてもらう。作品は最終的には活字になってしまうのだ。字のみにくさは気にしないことだ。すでにエッセーでそれをやってしまった。小説でも同じではないか。そう割り切るよう心がけよう。

そこで、久しぶりに短篇を書くことにした。どんな話にしたものか。考えたあげく、心霊治療の能力を持った青年を登場させることにした。七千円を回収しようといった、さもしい気分からではない。そんなものの存在しないことは、たしかめられた。だから、もし、いたらとすれば、SFになる。ストーリーがまとまり、さて、やっかいな清書である。

この時、不吉な事件が発生した。西ドイツのステッドラー社製の、使い捨て用細書きサインペンがかすれはじめたのである。症状発生以来、万年筆は使わないことにしている。使えないのだ。さまざまな筆記具をこころみ、細書きサインペンがいいらしいとわかり、各社のを使いくらべて、これに落ち着いたのである。しかし、輸入品のため、いつ品切れになるかの不安はあった。何本か買いためてはあったのだが、その最後の一本が終りになってしまったのである。ほうぼうの店をまわったが、入手不能。まさに最悪の事態だ。

どうしようもなく、近所の行きつけの文房具店に寄り、おやじさんに言った。

「なにかいい細書きのサインペンはありませんか」

ステッドラー以上のがあるとは思えない。

「新製品が出ましたよ。ためしてみたら」

と国産の二種を出され、それを買って帰った。書きくらべてみると、極細線引きペンというのが、わりとぐあいがいい。製図用に開発されたものだそうである。これでやってみることにするか。

清書にとりかかった。いやに調子がいい。ふしぎな感じである。いつもなら五枚も書くと手のひらが汗でぬれてくるのに、なんともない。発病以来、妙な字体になっていたのが、かつての、自分のなっとくのできる字体になっている。

二十枚をたちまちのうちに書き終えた。もっと書きたい気分でもある。そもそも、発病前は清書の時が最も楽しかった。だから、下書きの習慣がついてしまったわけでもある。その楽しさがよみがえった。

二年にわたる呪縛から解放され、胸のつかえがおりたようだ。長いトンネルを抜け出せた気分。

奇跡はおこったのだ。

といって、私はこれを全面的に心霊手術のおかげとは思わない。執筆量をへらして、無理をしないようつとめてきた。定期的にハリの治療をつづけてきた。夏の冷房には神経質なぐらい注意してきた。家の改造の時には暖房設備にだけは金を惜しまなかった。ついには、病気との共存以外にないと悟るに至った。また、新開発のサインペンにめぐりあった幸運もある。

おそらく、それらの総合的な結果である。心霊手術がそれに一枚かんでいるかどうかは、なんともいえない。しかし、以上のようなしだいで、心情的に回復過程のひとつに入れたくもなるのである。

心霊治療師からもらってきた英文のパンフレットを、友人に読んでもらった。

「医者にもすべての病気がなおせないのと同じように、心霊治療に全快の保証を求めてもだめです」

もっともなことである。

「この治療は科学ではなく、術なのです」

つまりは、そうなんだろうな。

「ある種の体調不順は、心、体、霊の不調和によって起ります。回復には患者の精神的な活力が必要です」

これも文句のつけようがない。しかし、宇宙磁気だの、エーテルだの、アストラルボディだの、高度な振動だの、無形のエネルギーを引き出すだのとなると、古いSFを読まされているようで、はなはだあやしげである。しかし、私はあまり悪口を書くわけにはいかないのだ。いつ再発するかもしれず、ハリ治療はつづけるつもりだし、執筆量を急にふやすつもりもない。

つい先日、書店でウイリアム・A・ノーラン著、加藤秀訳、ベストセラーズ社刊の『現代医学に挑む・信仰治療の秘密』という本を買ってきた。「信仰治療の驚嘆すべき全貌《ぜんぼう》を解き明かした衝撃の書」とうたってある。目次を見ると、フィリピンの治療師にかなりの部分が費されている。こうなると、読まずにはいられない。

著者はアメリカの外科医で、文筆家でもあり、すでに二冊の本を出している。一九七一年にニューヨークタイムズ紙の記者レストンが、中国のハリ麻酔について報道した文章を読み、西洋医学以外にも治療法の存在することを知り、関心が高まったという出だしである。とらわれない思考の主のようだ。

それなら、日本に来てくれればいいのに。八万人のハリ医がおり、療法が定着し、現実に多くの人がその恩恵を受けているのだ。しかし、ノーランはフィリピンに行ってしまう。外科だから、手術のほうに興味を持ったのかもしれない。

そして、心霊治療師を歴訪し、そのことごとくが手品であることを明らかにし、ああいうものの存在を許しておけないと論じている。説得力もある。

おやおやだ。私も出発前にこの本を読んでいたら、心霊手術を受ける気にはならなかったろう。

もっとも、ノーランが徹底的に批判するのも、むりもない。心霊手術はアメリカでは口コミによって、かなり評判になっているのだ。そのため、安くない旅費を投じ、それを目的にやってきて、病状をさらに悪化させた例が多いのを知ったからである。

入院して外科的手術を受け、何日も療養したくない気持ちはよくわかる。しかし、だからといって、それを拒否し、フィリピンへ来るというのは非常識もいいところだ。

ノーランは、心霊治療師が腹から取り出したのは盲腸でないと断定しているが、当り前の話である。それが出来たら、四次元の超能力だ。パンフレットの文章でも、四次元の文字は慎重に避けている。

そもそも治療師には医学の知識などなく、おそらく盲腸の場所さえ知らないのだ。それに、盲腸炎なら、入院によって安全かつ確実になおるのである。

結石と称して取り出したものを強引に取り上げ、分析してみたら砂糖だったとも書いている。

たぶん、そうなのだろう。心霊手術で歯を抜いてくれとたのみ、あれこれ口実をもうけられて実現しなかったとも怒っているが、歯の治療なら歯科医にまず行くべきではなかろうか。暗示でなおるたぐいの病気で、快方にむかった人もいるのだろうが、ノーランはそれらは一切無視して、悲劇的な結果になった例をずらりと並べている。

読んでいると、アメリカにはかくもまぬけが多いのかと、いささかあきれた気分にさせられる。脳腫瘍《のうしゅよう》が心霊手術によって、傷あともなく、あっというまに除去できるわけがない。

この本のなかで印象に残ったのは、フィリピンの医学関係者の言葉である。

「わが国では、正規の医師の数が不足しています。養成はしているのですが、高給を求めてアメリカへ渡ってしまうのが多いのです……」

そのため、このような土俗的治療師が発生するのだという。まさに皮肉な話である。正規の医師がアメリカへ渡り、アメリカのお人よしの連中が、フィリピンへ病気回復を求めてやってくるのだ。

この悲劇をなくしたいのなら、アメリカ政府が援助資金を出し、在米のフィリピン系の医師たちに、現在の収入との差額は保証するから、帰国して医療業務をするようにとすすめるのが一番だろう。そうすれば、現在の治療師たちも、その本来あるべき存在に落ち着くはずである。すなわち、一種の祈禱師《きとうし》である。私たちは神社におさい銭をあげて、商売繁盛を祈る。時には神主におはらいをたのんだりする。しかし、うまくいかないからといって、金をかえせと文句をつけに出かけるだろうか。

そんな程度の期待で、治療を受けるべきなのだ。外国から来た患者のなかには、詐欺だ、告訴するのとさわぐのもいるらしいが、それはおかどちがいである。過大な期待を勝手に抱いたほうだって悪いのだ。

真相判明。そのせいか、この原稿の字は少し乱れている。しかし、以前にくらべれば、だいぶよくなっている。一回すらすら書けたので、自信と調子を取り戻したためかもしれない。これをきっかけに、快方にむかうような気がしてならない。

となると、本文をお読みのかたのなかで、

「自分も難病に悩んでいる。治療を受けてみたい。どこへ行けばいいのか」

と、つぶやく人もおいでだろう。それに対する回答を最後に書いておく。

まず、専門医の診断をお受けなさい。そして、その指示する療法に従うこと。それでもだめなら、医師の了解を得て、ハリ、灸《きゅう》、漢方薬などをこころみ、気ながにおつづけ下さい。超自然的なものにすがりたかったら、自分の信ずる宗教に祈るべきでしょう。

成果を期待して、金と時間とをむりにつごうし、フィリピンに行こうとなさるのだったら、おやめなさいと申し上げる。

しかし、一年じゅう太陽の光のふりそそぐ東南アジアの観光だったら、大いにおすすめする。そして、もしマニラで六千円ほどの金と、いくらかの時間的余裕があり、奇妙な体験をしたくなったら、ガイドにたのめば連れて行ってくれるでしょう。そして、ショッキングな手品を見物でき、みやげ話ができるというわけです。安全で無害なことはまちがいない。しかし、病気に関しては、パンフレットにもある通り、

「全快の保証はできません」

なのである。だめでもともと思っていれば、何人かにひとりは、私のように思わぬ喜びにひたれるかもしれません。ごりやくとは、もともと、そういうものなのである。


（「小説現代」昭和52年3月号）

## 2　スコール・美女・カジノ

フィリピンのマニラ空港をたつ時、同行の豊田有恒がささやいた。

「I shall return……とあいさつしておこうか」

いまの人には、なんのことやらわかるまい。マッカーサーが日本軍の攻撃でここを撤退する時に、口にした言葉である。必ず戻ってくるとの意味で、事実そうなったし、ついには日本まで来てしまったのだ。となえておけば、旅行安全の呪文がわりになるかもしれない。しかし、冗談にならず、こんなことで対日感情を悪化させてもつまらない。

やがて、離陸。シンガポール航空の機内サービスは、今回の旅行中で最高だった。シャンペン、ワイン、ウイスキー、ブランデーが飲みほうだい。といって、泥酔したわけではない。それぞれ少しずつ飲んだおかげで眠くなり、おかげでかなり疲れがとれた。

シンガポールの空港での入国手続きは、いやに簡単だった。レオン（梁）さんという中国系のガイドが出迎えてくれた。おとなしい中年の人で、日本語がうまい。中華料理での夕食の時に聞いてみた。

「どこで、そんなに日本語を……」

「独学と日本からの放送によってです」

えらい人がいるものである。宿泊はシャングリラ・ホテルで、なかなか高級であった。

翌日の午前、観光協会において、スライドの上映と英語による説明を受けた。私たちはSEAPCENTRE（東南アジア観光センター）の派遣という形になっているので、これはいたしかたない。日本語によるきれいなパンフレットが何種類も作られており、この国の観光客誘致へのなみなみならぬ熱心さがうかがえる。

その事務所のならびが工芸品センター。皮の小銭入れを買う。少し散歩。明るいなかで見ると、緑の多いなかなか近代的な都市である。レオンさんに注意された第一。

「この国では、車が優先です」

これが具体的にどういうことなのか聞き忘れたが、気をつけるに越したことはない。そんな程度の意味なのだろうが、ショッキングな文句である。このアイデアをふくらませれば、機械優先時代というSFがひとつできそうである。注意、その二。

「ゴミを捨てると、罰金六万円です」

道でなにげなくタバコに火をつけると、あとが大変。吸殻入れをさがし、吸い終るまで、そこをはなれられない。

そのせいか、道はきれいで、いいことと思う。しかし、だれが罰金を取り立てるのか、聞き忘れた。取締りの警官をふやしたら、警察国家になりかねない。公衆道徳なるものを、あらためて考えさせられた。警察国家反対論者は、公徳心高揚の運動をすべきである。

昼食後、セントサ島の観光に出かける。そこになにがあるのやら、予想もつかぬ。マイクロバスで山の上に着く。

「むこうの島がそうです」

そのあいだに、ロープウエイがある。

「あれに乗るんですか」

私はふるえ声をあげた。とてつもない高度である。とくに高所恐怖というわけではないが、こんな高いのははじめて見た。しかし、いやともいえない。ドアがしめられ、動き出す。はるか下に高層ビルが見える。

「出発前に生命保険を増額しておいた。ここで落ちたら、保険会社も驚くだろうな」

とかなんとか言って、こわさをまぎらす。

着いてわかったことだが、一種の遊園地で、その仕上げは現在も進行中である。古い砲台、政庁の建物などを残し、海の博物館、レストラン、ゴルフ場などを新設し、うまいぐあいに調和させている。

「日本人むきでないものをごらんに入れましょう」

とレオンさん。それは降伏記念館とでも称すべきもので、日本軍代表のここでの降伏調印の場面を、人形を使って再現した一室があるのだ。スピーカーがその説明をくりかえしている。

あまりいい気分ではない。戦争は、あとにろくなものを残さない。

レストランでマラッカ海峡を眺めながら、コーラを飲んでひと休み。

「そういえば、日本の過激派青年が、どこかを爆破しましたね」

「あの島です」

レオンさんが沖を指さして教えてくれた。そこは工場の島でもあるらしい。島をそれぞれの目的によって使いわけているのだ。なお、このセントサ島では、海水浴場をも造成中である。やがては、すばらしいところになりそうに思える。

「過激派のやつ、降伏記念館を爆破すべきだったのだ」

さて帰ろうとすると、大スコール。大粒の雨と、すごい雷。ロープウエイは運転中止。しからばとフェリーボートのほうに行くと、長い行列。見あげると、ロープウエイの箱が上空で停止している。あれに乗ってたら、生きた心地はしないだろうな。

このさわぎで、私はカメラをどこかにおき忘れてしまった。もっとも、むしろ撮影したフィルムのほうが惜しい程度の安物である。

雨はやみ、島から市内へ戻り、ショッピング。ここには伊勢丹《いせたん》が進出し、大きなデパートとなっている。しかし、日本語が通じるわけではない。

豊田有恒、田中光二の両氏は、あれこれと買い物をしている。私は半そでのワイシャツを買った。好みのがらを選んだら、なんと日本製。そういうものであろう。

べつのビルのデパートにも寄る。私はそこで、コダック・インスタマチックのカメラを買った。とりあえず、必要なのだ。ここは免税の国なので、なんでも安い。

　もっとも、このカメラ、旅の途中でケースのファスナーのつまみがとれ、つぎに明るさに応じて調節するボタンがとれた。ほどよいところに合わせてあったので、なんとか撮影はつづけられたが、さらにはフィルムの出し入れのふたがはずれるようになり、ゴムバンドでとめるしまつ。

　コダックの名が泣くぜとよく見たら、西ドイツ製と記してあった。一方、羽田《はねだ》で買った、有名なフランス人のデザインによる国産の使い捨てライターも、つかなくなった。むやみと名を貸すほうが悪いのか、私は製品の運に恵まれていないのか。この問題のカメラは、帰国してから、ぼろカメラの収集が趣味という高斎正《こうさいただし》に進呈した。

　ホテルに帰り、眠る前にテレビを見た。マレー語らしいのがあり、中国語の字幕つきのがあり、香港製らしい中国の時代劇あり、英語のニュースもある。多民族国家なんだなあと実感させられた。さまざまなコマーシャルが入る。

　翌日は九時にホテルを出発。バード・パーク。かなりの広さの公園で、各所に金網の建物があり、いろいろな鳥が飼ってある。それらを小型の列車に乗って見て回るのだ。

　小学生らしい一団といっしょになった。課外教育らしい。みなかわいらしい。ぺちゃくちゃと話しあっている。いったい、何語なのであろう。

　あとで知るところによると、小学校ではマレー語で教える。大学は中国語か英語。人口の率では中国系が多く、ほとんどの人が三ヵ国語を話すという。

つぎに、大戦中にこの地で死んだ日本軍将兵の墓に参拝。管理がゆきとどいている。降伏記念館のようなものを作る一方、この墓地にも気をくばる。ここの政府のやり方にはそつがない。ここで客死した二葉亭四迷《ふたばていしめい》の碑もあった。

民族舞踊の見物、ワニ園（これは期待はずれ）とスケジュールをこなし、船による海上の遊覧となる。時間を使う割に退屈なんじゃないかと思ったが、さにあらず、船が動き出すと、たちまち感嘆の声をあげた。

「なんという、すごさだ」

市内観光では気づかなかったが、海岸にそって高層ビルがずらりなのである。海からとったニューヨークの写真に似ている。しかも、多くが新築で、デザインがモダンである。こんな光景は、世界のどこにもないのではなかろうか。新宿《しんじゅく》に高層ビルがいくつ出来たのといった自慢は通用しない。人口と高層ビルの割合の点からみれば、日本よりシンガポールのほうがはるかに先進国である。

日本には「漢字は他の学習のブレーキになるから、制限すべきだ」との説があり、私も一理あると思っていたが、どうやらそうではないようだ。はるかに多い漢字を知り、さらに二ヵ国語を学び、それでこれだけ国を短期間に発展させたのである。

目を海のほうに移すと、数えきれぬほどの商船が浮んでいる。自由貿易港なので、各国から集ってくるのである。

「ここで魚雷をぶっぱなしたら、どれかに必ず命中するだろうな」

それほどの密集ぶりなのだ。セントサ島に近づき、昨日のロープウエイの下をくぐる。

「きのうは落ちるかとひやひやだったが、あれが上から落ちてきてつぶされたら、それこそ不運を絵にかいたようなものだな」

やがて、船はジャンク式の大きな帆を張る。エンジン付きだから必要はないのだが、ムードづくりのためである。陸上の人が眺めたら、シンガポールにふさわしいと思うにちがいない。なにしろ芸がこまかい。

とにかく、シンガポール観光では、この海上の遊覧がおすすめ品である。日本人もびっくりの経済成長なのだ。

ふたたび発着所へ戻る。ずっとつづいていた女の子の英語による説明が終る。なんと、拍手したのは二人の白人だけ。あとの白人の団体は西ドイツ人だったのだ。年配の、商店主のグループである。ドルを持ち、団体で旅行してまわるのは、日本人だけではないのだ。今回の旅行では、ほうぼうで西ドイツ人の団体に会った。

南の国なので、なかなか日が暮れない。豊田、田中の両氏は、またもショッピングに熱中する。奥さんにたのまれているらしい。

「よくも買いますなあ」

前年のソ連旅行では、私がこまめに買い物をするので、同行の北杜夫にからかわれた。今回は私がからかう側である。

それにしても、なぜ購買意欲がわかないのだろう。考えて、気がつく。私はその土地の特産品しか買わない主義。新興国のシンガポールには、それがないのだ。それに、荷物のふえるのも好きでなく、羽田の税関もやっかいである。

ウインドー・ショッピングなる言葉があるが、ショッピングする人を見て楽しむのは、なんというべきか。二人はそれほど買い込んだのである。税関で金を払っても、まだ安いという。私は知恵をつけた。

「どうです、いっそカバンをお買いなさい。買った品物はおさまるし、羽田でもカバンそのものには税金をかけない」

そうだとばかり、二人はカバンの品さだめをはじめた。まったく、面白い。

そのあと、カー・パークで夕食。昼間は駐車場になっており、夜になると食べ物の屋台の店が集ってくるのである。シンガポールの観光案内には、たいてい、ここの写真がのっている。かなり雑然としているが、にぎやかで活気があり、わりと清潔。歩きながら見て、うまそうだと思えば、すぐに口にできる。味も悪くなく、安い。しかし、なぜここが、かくも宣伝の材料になっているのだろう。

つまり、こういう一面が必要なのである。高層ビルと公園とでなにもかも近代化されてしまっては、欧米からやってきた連中には、ひとつ物たりなさを感じさせるだろう。東南アジアらしさを、残しておかなければならないのだ。

また、人間にはこういうものを好む一面もあるのだろう。東京でもと考えかけたが、雨といっても午後のスコールぐらい、そして、一年中あたたかいこんな国でなければ常設とはいかないわけである。

「ほら、あの二人をごらんなさい。ひとりは男です」

ついてきたマイクロバスの運転手が言う。そこには、スタイルのいい美人が二人いる。かなりしげしげと見たが、ついに私には、どっちが男なのかわからなかった。どうやら、ここの常連らしい。それにしても、なぜ女装の男と美女が仲よく歩いているのだ。わけがわからん。

かくして、シンガポールの旅は終り。

翌日、九時半にホテルを出て、空港へ。おひる少し前のタイ航空でバリ島へ……。

という予定だったが、その便の到着が大はばにおくれた。その機が、バンコックの空港で着陸の時に脚を折ったとかいう。別の機を整備中で、かなり時間がかかりそうである。しかし、私にとっては、さいわいでもあった。

「東南アジアでは水に気をつけろ」

と出発前に何人かに言われ、万一の時の薬を用意してきた。いつも私は下痢ぎみなのだが、旅に出ると原稿を書かないですむせいか、便秘ぎみとなる。それに、日に三度の食事をちゃんととる上に、機内食も加わる。腹がもたれ、持てあましていたのだ。

ひとつ、なま水でも飲んでみるかと思ったが、その勇気もない。しかし、この空港で、とつぜん下痢がはじまったのである。待合室のトイレは清潔であった。私は三回ほど入り、すっきりした気分になった。ほかの連中はなんともなく、食事のせいではないらしい。なにはともあれ、いい下痢であった。

そんなわけで、バリ島のデンパサール空港に着いたのは、暗くなってから。それでも、出迎えの人は待っていてくれた。この地の人と結婚した日本女性、現地名サリーさんという人がガイドについた。

マイクロバスで、海岸ぞいのバンガロー風のホテルへ。熱帯だから当然だが、とにかく暑い。十一月の中旬の気がしない。

「なにを食べよう」

「ここへ来る途中、日本料理店をみかけた。あそこへ行こう」

衆議一決し『弁慶』なる店へ行く。そろいの浴衣姿の女の子が何人も働いている。日本語で話しかけて通じず、あらためてバリ女性と知る。ふしぎなくらい、よく似合う。

経営者の日本青年にあいさつ。こんなところで、よくがんばっているなと感心する。もっとも、材料の関係か、味は国内なみとはいかなかった。

ホテルへ戻る。豊田、田中の両氏が私の部屋へ来て、みなで持参のウイスキーを飲む。くだものの籠《かご》もあり、少しずつ味わう。

「いったい、ここはどんなところだ」

みな出発前まで原稿を書いており、なんの予備知識も持っていないのだから、ひどいものだ。機内でガイドブックを読んだだけ。ここは回教の国インドネシアのなかで、例外的なヒンズー教徒の島と知っているぐらい。

朝になる。豊田有恒はすでにひと泳ぎしてきたという。

「どうだった」

「ひき潮で遠浅でしたよ。みやげ物屋に案内され、民芸品を買わされましたよ」

そういうのは苦手だ。だが、海岸でも見るかとホテルの玄関を出ると、門のそとの若者たちが、わっと寄ってくる姿勢になる。要注意だ。しかし、門のなかまでは入ってこない。

まず、マイクロバスで民族舞踊の見物に行く。観光むけのショーとなっており、白人の団体もかなり来ていた。ガメラン音楽とともに、それがはじまる。善を支配する神バロン、悪を支配する神ランダ。どちらも奇妙きわまるお面をつけている。むしろランダのほうがユーモラスで、あまりにくめない。

ラーマ王子の物語りで、善玉、悪玉いりみだれ、猿まで加わり、なかなか手のこんだストーリーである。サリーさんの解説だと、

「かくして善が勝ちますが、これで悪がほろんだのではなく、善悪の戦いは永久につづくのです」

それがヒンズー教の考え方らしく、まさにうなずかせるものがある。歴史もテレビの犯罪物シリーズも、それを証明している。

その会場内で音楽のカセットテープを買ったが、門を出ると同じものを三割も安い値で売っているではないか。えらい損をした。

工芸品センターで銀細工のペンダントを買い、首にかける。面白いデザインのが多い。美術館も見学。幻想的な風景画が並んでいる。昔はここは、こんなにすばらしかったのか。岩田《いわた》専《せん》太郎《たろう》えがく時代物の挿画といったところか。

そして、あるレストランで昼食。ホテル関係者が集っている。私たちはツアーリズム・コンサルタントということになっているのだ。ある週刊誌がこの国の政府を批判してから、日本の作家は注意人物あつかいされるようになった。ツアーは旅行のことだが、ツアーリズムなる語があるとは知らなかった。ロシアの帝政主義者《ツァー》になったような気分だ。

なかのひとりが実体を知ってもらおうと、こんな不満をもらした。

「日本からの旅行者はふえてきたが、団体でホテルにとまり、そこの売店で買物をし、日本料理屋へ行く。一般の人は恩恵に浴さない」

ここに日系資本のホテルはない。そこの従業員の給料となって金は落ちているはずだと、SEAPCENTREの同行者、永見さんが答えている。日本料理店の女の子たちも、この土地の人である。私は伝えてもらった。

「値段のつけ方がひどすぎるようだ。日本人は値切るのになれていないのだ」

「いや、日本人もよく値切る」

ガイドがあらかじめ注意するからだろう。こうなると習慣のちがいで、議論にならない。ほかに、日本文による案内書などを作って各ホテルに置いたらといった程度の提案しか思いつかなかった。

そのあと、海岸ぞいのホテルをいくつか見学。こんなところで数日間、ぼんやりとすごしたら、さぞいいだろうと思う。しかし、それ以上となると、うんざりだろう。ヒッピーの小グループが住みついているというが、日本人の感覚では理解できない。

砂浜とヤシの木。いかにも熱帯である。しかし、東南アジアにはヤシの木が多すぎるような気もする。葉で屋根をふくなどの有効性はあるのだが、これだけ日光がふりそそぐのだ。もっと役に立つ新品種の植物はないものなのか。

町をまわっていると、行列にであった。色とりどりに飾り立て、にぎやかな音楽をかなで、楽しそうである。車の窓から手を振ると、彼らも応じた。しかし、結婚式なのか葬式なのか、見当もつかない。

交差点には、とてつもなく大きい神像の彫刻が立っている。風化しやすい岩石なのだが、ある期間たつと作りなおすのか、できたてといった感じである。

夜、屋外の舞台で、ケチャック・ダンス（猿の踊り）を見る。炎のまわりで展開されるのである。踊りそのものより、かなりの人数の男たちの「チャッ、チャッ」という猿の声に似せた大合唱の迫力に魅力があった。

これにしろ、午前中の踊りにしろ、観光用だけでなく、毎日どこかの村でおこなわれているという。踊りだの、彫刻だの、日本では専門家のやることだが、この地ではみな日常的なことなのである。

ホテルでビュッフェ式の食事をしながら、またも民族舞踊を見る。ガメラン音楽の伴奏。そのなかで打楽器を鳴らせつづけの中年男が、なぜか気になった。これまでずっとやってきたのだろうし、これからも毎日、この単調なリズムをかなでつづけてゆくわけであろう。こういう人生もあるんだなあ。まてよ、日本人だって大差ないじゃないか。

その翌日。この一日の行動は、ハードスケジュール中での最高のものだった。

朝はやく、バスで高地へとむかう。段々畑といった感じで稲作をやっており、どこか日本を思わせる風景となる。途中でみかける農家は、どこも庭の一隅に、ほこらのようなものがあり、花や食べ物がそなえてある。ここではだれもが神々とともに生きているのだ。なお、バリとは、ささげ物という意味だそうである。

「あ、闘鶏をやっているようですよ」

それは、ぜひ見ておきたい。屋根だけという建物のなかに、大ぜいの男たちが集っている。熱気にみち、金を賭《か》けている。まさに、民衆の生活である。鶏は足に刃物をつけ、一方が死ぬまで戦うとのことだった。しかし、一羽が戦意喪失し、それで勝負がついてしまった。なあんだ。

水浴場で有名な聖なる泉を見る。すばらしくきれいな水がわいている。さらに進み、キンタマニーという妙な名の地に着く。下に湖、少しはなれて形のいい山と、北海道を連想させる雄大な眺めが展開している。

角《つの》の細工品を売りに何人かが押しかけてきた。一対《つい》の小さな神像、米貨で三ドルだという。

手づくりだから、それぐらいの手間賃は当然と思ったが、昨日のこともあり、値切ってみた。

「二ドルなら買ってもいい」

まけてくれた。つまり、一体一ドルで、気の毒な気がしないでもない。しかし、なんたること。すでに民芸品を買っていて関心を示さないでいた豊田、田中の両氏のところへ行き「一対《つい》一ドルでどうだ」と交渉している。たちまちのうちに、三分の一に値下りしたのだ。ひどすぎる。


バリ島の連中、商売がへたすぎる。同業者でカルテルを作り、ある程度以下の安売りを防止すべきではなかろうか。観光客が旅の思い出にと買う品である。安くしたから大量に売れるわけでもあるまい。


木彫りの仕事場を見る。遺跡の発掘現場を見る。豊田有恒が言う。

「バリ島の石の彫刻。どこかマヤ、アステカなど、古代中南米のに似てますね」

たしかにそんな感じがする。はるか昔、南太平洋を越えて、文化の交流があったのかもしれない。ヨットによる太平洋横断は可能なのである。


昼食。バザール（市場）見物。空港。また訪れたいものだと思いつつ、午後の便で出発。夕方ちかく、ジャワ島中部の古都ジョクジャカルタに到着。ホテルへ荷物を置き、すぐにマイクロバスで出発。仏教遺跡ボロブドールの見物のためである。閉園時間すれすれ、なんとかまにあった。

「乞食《こじき》がうじゃうじゃいるぞ」

と聞かされ、いささか恐れをなしていたが、時間のせいか、ほとんどいない。まずはほっとする。

ここは百数十年ほど前に丘のなかから発掘された、世界最大の仏教遺跡なのである。埋まっていたおかげで、風化することなく、長い歳月をくぐりぬけることができたという印象を受ける。また、ユネスコによる修復も進行中である。壁面の彫刻、各所の仏像。ヒンズー教ほど怪奇ではない。

高さ三十二メートルの石段をのぼると、息が切れる。たしかにどえらいしろものなのだが、まわりはたくさんのみやげ物店と森とでかこまれている。それらを取り払い、かわりに芝生にしたら、その威容は一段と高まるのではなかろうか。

バスでの帰りがけ、田中光二がバッグを買いたいというので、裏町の一画に案内された。私は店のそとで、あたりを眺める。異国の古都。表通りは立派だが、裏通りとなると人通りも少ない。少しほこりっぽい夏の夕ぐれ。旅情を感じた一瞬であった。

ホテルへ戻って夕食。豊田、田中の両氏が「美人がいるぞ」とさわいでいる。一見しておくかとついて行くと、ロビーの隅で扇子を売っている二人の女の子。たしかに、日本人好みの美人であった。しかし、英語は通じないし、こっちはインドネシア語ができず、どうしようもない。

そのあと、ディスカッション。観光関係者たちとである。ジョクジャカルタ地方のスライドをたくさん見せられた。ここは学術都市でもあるらしい。なにかご意見をとうながされ、私は言った。

「期待していたほど花が多くなく、残念です。日本人の、花へのあこがれは強い。伊豆の下田という土地では、温室のなかに温泉のパイプを通し、熱帯の花を咲かせて、多くの人を集めている……」

これは、この全旅行を通じての唯一の不満であった。季節でないせいもあるらしいが、これだけの高温多湿である。くわしく聞くと、その気になれば可能なのだが、だれもそうしようとしないのだという。花に観光客誘致の価値があることを知らないらしい。ハワイが大量の客を集めている原因のひとつは、そこにあるのだ。

「……できたら、小鳥の声と、チョウも」

豊田有恒が口をはさんだ。

「バード、バタフライとなると、もうひとつもBにしたいですね」

「だったら、ブーゲンビリアでもいいよ」

東南アジアは太陽の国々と呼ばれているが、花の国々となれば、一段と観光客がふえるのではなかろうか。あの陽光、花に変えないでおくのは惜しい。

終って寝室へ。まさにすごい一日だった。そして、行程のちょうど半分。

つぎの朝、またも早く起きる。近郊にある、もうひとつの仏教遺跡を見るためである。午前七時。マイクロバスとすれちがって、自転車に乗った数えきれぬ人たちが市内にむかっている。

感動的な光景であった。日本なら真夏の気候。休暇を要求したくなるところだ。そんななかで繁栄と向上をめざして、仕事ととりくんでいるのである。

石づくりの遺跡は時間が早いせいか、人もほとんどいなかった。ひとまわり歩いて、空港へ。離陸し、西へむかい、首都のジャカルタへ。

マイクロバスで二時間ほど市内観光。うわっつらを眺めただけである。しかし、この都市の表面はなかなか豪華で、シンガポールにも劣らぬビルがずらりである。もっとも、都市への人口集中により、裏をのぞけばかなりの問題もありそうである。はだしの人たちも目に入る。

しかし、ミニ国家のシンガポールとくらべてはいけない。インドネシアは広さ、人口がとほうもなく大きい。勤勉な国民性でもあるようだ。底力を秘めている。長い目で、その発展を見まもりたい気がする。

あわただしく出発。シンガポール空港で乗りかえ、レオンさんにあずけておいた荷物を受け取り、マレーシアの首都、クアラルンプールの空港へ。そして、ホテル。夕食。

ここで予期しなかった珍事が発生。豊田有恒が荷物の整理のため、シンガポールで買ったカバンをいじると、ぶっこわれてしまったのである。そもそも、買った時から少しおかしかった。しかし、乱暴に扱ったわけでもない。バリ島往復のじゃまだからと、レオンさんにあずかってもらっただけである。それが、見るもむざんにばらばらになった。製造国の名は伏せるが、自由港での買物には、くれぐれもご注意。

翌日も観光。田中光二は下痢のため、いささかばてぎみである。

「疲れた。休みたい」

それをはげます。

「われわれは観光の義務をおっているのだ。がんばれ。がまんしろ」

聞いている永見さんが、いやな顔をした。まったく、作家とはやっかいな人種である。

ゴム園、大鍾乳洞《だいしょうにゅうどう》、錫《すず》製品の工場、サラサの工場、ひとまわりして市内に戻る。

またしても、都市の再開発のすばらしさに驚かされる。開発途上国という名に、まちがった先入観を持っていた。道路は広く、ごみはなく、団地もつぎつぎと建築中である。

しかし、いまのうちに通勤用の電車の路線を作っておけばいいのにと思う。国電、地下鉄、私鉄のない東京を考えてみるべきである。そうなってからでは、おそいのだ。

博物館、記念塔、いちいち書いていたら、きりがない。特記すべきものをひとつあげれば、回教の大寺院。なにしろ大きく、それにきわめて近代的なデザインで、市の中央にある。偶像崇拝を否定する教義のため、飾りのようなものがなく、シンプルである。広いホールのまんなかの礼拝壇のそばに、老人がひとりすわっていた。少しは回教について勉強しなければという気になる。

ショッピング・コンプレックスへ行って、カバンを買いなおす。この呼び方が、この国ではやっている。直訳すれば複合体で「各種とりそろえ」の意味だが、なれるまでは妙な気分。

「マザー・コンプレックスとは、生みの母、育ての母、義理の母、自称生みの母、心の母、それらをみんな持ってるやつってことになるな」

屋台で、アブラアゲに野菜をはさんだものを買ったら、意外とうまかった。

ふたたびマイクロバスに乗せられ、郊外へと走る。やがて山道となる。

「ここにレジャー・コンプレックスがあります。見て下さい」

人工の湖があり、レストランあり、花壇あり、宿泊用のバンガローあり、バーもあり、設備のととのった健全なところである。けっこう人が来ていた。経営者はインド系の人で、もとはレーサーだったという。

ジャングル散歩道もあるそうで、そういうところこそ行ってみたかったが、スケジュールがきまっている。私たちはゲンティング・ハイランドへ行き、そこへとまることになっているのだ。いったい、どんなところなのだろう。

車は山道をさらに進み、漢字表記によると雲頂高原となるところへ着く。高地のため、じつに涼しい。そばを雲が流れ、すがすがしい。大きなホテルに入り、ほっとする。皮肉なものである。暖かさを求めて十一月の日本を出発、汗にまみれる暑さに悩まされ、ここでひと息。夕食までのしばらくの時間、私はベッドで熟睡した。目ざめてシャワーをあび、すべての疲労がすっとんだ気分。

夕食のため、食堂へ行く。中華料理。かなり広く、ステージの上ではエレキを伴奏に、ポピュラー・ソングが歌われている。マネージャーが自慢げに言った。

「日本の団体客が来なくても、充分にやってゆけます」

満員である。小学校の休暇がはじまったせいでもあるらしいが、連休の熱海《あたみ》のホテルといったおもむきである。

喫茶室のウエイトレスに、かわいらしい子がいた。あれこれ話しかけると、永見さんに、

「およしなさい」

と注意された。私の怪しげな英語だと、くどいてるのか、からかってるのか、親しみの表現なのか、わけのわからぬ印象を与えるらしい。もっともなことである。

ほかの連中は、これから眠ると部屋に戻っていったが、私は回復した元気を持てあましぎみである。

ゲーム・コーナーがあった。のぞいてみると、子供たちがみないい点をとっていた。器用な国民性なのであろうか。そのとなりの部屋に、スロットマシンがある。これで遊ぶか。フロントへ行き、あれ用のコインを売ってくれとたのんだ。

「だったら、下へ行って下さい」

階段をおりる。そこの人に、ネクタイをしめろと要求された。たかがスロットマシンなのに、どういうことだ。しかし、涼しいので上着を着ており、ポケットにネクタイが入っている。それを出してしめる。

「よろしい、奥へどうぞ」

そこでは、ルーレットをやっているではないか。ここにカジノのあることを、ガイドブックでは読んでいたが、すっかり忘れていた。ちょうどいい。体調もいいのだ。パスポートを提出させられたりしたが、とにかく米ドルをチップにかえることができ、ゲームに参加できた。

私の賭《か》け方は独特で、赤黒縦横、そのほか何種類もの個所にチップを置く。確率は高いが、当っても配当は少ない。そのかわり、長時間を楽しめるわけだ。しかし、結局は運である。この日はついていたのであろう。じわじわチップがふえてゆく。

ポーカーのチップというものは、デザインがなかなかいい。一枚を持ち帰りたいが、各所にテニスの審判台のようなものがあり、上でガードマンが監視している。それはあきらめた。

しかし、そのうち、各所に賭けたチップが、みんな持っていかれた。私のやり方だと、どこかに残るはずなのに。

「ここらあたりが、ひけ時か」

残ったチップを現金にかえてもらった。だいぶふえている。ひと休みし、他人のやるのを眺めて、ちょっと驚いた。ここの人たちは、私のような賭け方をせず、みなひとつの数字をねらっての勝負をやっているのである。だから、当れば大きいが、沈むのも早い。これも国民性なのだろうか。そんなのを相手にしているディーラーなので、私は損をしないですんだのかもしれない。

ここの地下には、スロットマシンもずらりと並んでいる。日本のパチンコ屋のごとし。ルールもなにもない。金を入れてハンドルを引けばいい。ここでも大当り。バーも付属しているが、ビール以上の強い酒は売っていなかった。

計算してみると、四十米ドルほどもうけたことになる。たいした額ではないが、楽しんだし、勝ったし、充分に満足した。

このゲンティング・ハイランドは、マレーシアの発展とともに、ますます多くの人を集めるようになるだろう。げんに拡張工事が進行中である。ヘリコプターも発着している。熱帯の避暑地へわざわざ出かける日本人がふえるとは思えないが。

翌日、ふたたび暑い下界へとおり、航空機で北へ。機内食は例によって鳥肉。東南アジアでは、回教徒はブタを、ヒンズー教徒はウシを食べない。魚ぎらいの欧米人のことも考え、どうしても鳥になってしまうのだ。

しかし、ここでは牛肉のと二種類あった。豊田有恒は牛肉のにとりかえてもらっていた。

「バリ島人と思われたのかなあ」

とつぶやいている。やがて、ペナン空港へ到着。日本の若者の小人数のグループ旅行といっしょになった。インド系の、これまた日本語のうまい男がガイドとしてついた。

港のそばの丘の上公園。蛇のいる寺。ここは旧英領時代のおもかげが残っていて、海岸ぞいの別荘など、いいムードである。

夕食をすませ、スコールのすぎたあとの街を、自転車タクシーとでも呼ぶべき乗り物でまわる。しっとりとぬれていて、静かで、エキゾチックで、来たかいがあったなあと思う。

さて、いよいよタイのバンコック。田中光二は少し前に来ており、永見さんもしばらく勤務した地であり、二人は元気づく。

ここはすでにさんざん紹介されており、いまさら私がくわしく書いてもしようがあるまい。

翌日、水上マーケットへ行く。バンコック市内にもあるのだが、そこは観光ずれしてしまったとかで、郊外のそれへと案内される。

マイクロバスでハイウエイをつっ走る。沿道はすべて米作地帯。ところどころに、大きな寺院がある。有名なのかと思ったが、そうではない。仏教を深く信じるタイ人には、寺院は日常生活でなくてはならないものなのだ。日本の寺院とちがって、黄、赤、青などカラフルないろどりである。日本でも奈良朝時代に仏教が入ってきた時には、あんな色だったのだろう。

それにしても、この旅行中、いたるところで宗教とつきあわされた。フィリピンのカソリック、バリ島のヒンズー教、インドネシアとマレーシアでは回教。だれもが信仰とともに生きている。

「一年中あつく、四季がないと、行動を律する宗教がなかったら、どうしようもないのかな」

自問自答である。気候と宗教とには、なんらかの関連があるのではなかろうか。

それはともかく、一時間ほどで、水上マーケットに着く。タイの写真によく出てくる、小舟が川ぞいの家のあいだを行きかうところである。田中光二が小舟のラーメンを注文。

「うまいぞ、うまいぞ」

と賞賛する。味はよく、簡単でいい。川ぞいの家々の前には、廊下兼道路といった板張りの部分があり、少し歩く。新しく作られた名所なので、むりに売りつけようという態度がなく、なかなかよかった。

モーターボートで、運河を少しまわる。人びとは、半水上的というべき生活。どの家にもテレビアンテナが立っていた。

市内へ戻って、かの有名な暁の寺。なんで有名かというと三島由紀夫《みしまゆきお》の小説の舞台となったためだが、私はまだそれを読んでいない。しかし、とにかく、有名なのだ。

押売りの大群を覚悟していたが、閑散としていた。普通の観光客は、市内の水上マーケットから、ここへ直行するのだそうだ。すなわち、こんな時間は一日のシーズンオフなのである。

色とりどりのタイルの小片で飾られた大きな寺院で、暁にはさぞきれいであろう。しかし、私たちは静かに見物できた。

「星さんは物売りがきらいだけど、こうだれも来ないと、つまらないでしょう」

午後はJETRO（日本貿易振興会）の古閑さんに、車で各所を案内していただいた。SFのファンだとのこと。豊田有恒が宝石を買いたいという。その店に行く。碁石ほどの大きさの猫目石《キャッツ・アイ》があり、まさに目の保養だった。一千万円ぐらいだという。

タイシルクの店で、私はクッション・カバーを買った。持ち帰りが簡単で、日本でなかにつめてふくらませばいい。私はそんなものしか買わない。

翌日は、小型機でチェンマイ往復。かなりの強行軍だが、旅もあとわずかなのだ。

チェンマイは北西部の高地にある。マイクロバスの運転をする中年の男は、うまい日本語を話す。日本へ留学し、工芸品の研究をしたという。しかし、事業がうまくゆかず、この地で運転をするようになってしまったらしい。どういういきさつか知らないが、同情にたえない。

メオ族の原始的な生活から、近代的ホテルまで、見物すべきものはすべて見た。そもそもここは、城下町なのである。石垣、お堀などがあとをとどめ、裏道などへ入ると、京都か金沢《かなざわ》を思わせるものがある。

美人の町とのうわさで、よからぬ連想をする人があるかもしれないが、ここは学術都市でもあるのだ。美人はみんなバンコックへ行っちゃって、不美人と犬しか残ってないなんて、ひどい説もある。

そういえば、豊田有恒はこの旅行中、犬を見るたびに、

「かわいそうだ、少しは適応したかな」

と言いつづけだった。彼は犬好き。そして、犬には汗腺《かんせん》がないのである。

この往復の機内食のお菓子はおいしかった。旅行中の味のベスト・スリーに入る。聞くところによると、内乱防止のため、航空機はすべて夜になると、バンコックに集めてしまうという。だから、チェンマイへの日帰りはできるが、その逆はだめなのだ。

夜、日本人会の会長、西野さんのお宅に呼ばれ、日本食をごちそうになる。そこで、古いSFマガジンを持ち出されたのには、びっくりした。

翌日、豊田、田中両氏は日本へ直行。私と永見さんは台北《タイペイ》へ。とくに目的もなく、三回目だが、私はこの島が好きであり、また名産のカラスミも大好きなのだ。それに、渡り歩きの新記録も作りたい。

日本語の話せる人が少なくなりつつある。しかし、今回は二十七歳の青年がガイドとしてついた。日本統治時代をまったく知らず、日本語を外国語として学んだ新しい世代である。市内

をちょっと見物。永見さんに、

「この国には、物売りはいませんよ」

と言いながら関羽廟《かんうびょう》を出ると、そこにエハガキ売りがいて、がっかり。ここだけが例外であることを忘れていた。

ガイドの青年の自宅に寄る。彼はスマートな長身で、マイホーム主義で、クールで、強い儒《じゅ》教《きょう》的精神の持ち主である。時の流れを感じさせられた。

ありがとうを各国語で言えるようになろうと思っているのだが、中国語では「シェ、シェ」で、あまりにあっさりしている。しかし「謝」という字には、その気持ちがこもっているのだそうである。さすが、文字の国。

台北は一泊のみ。アジア航空に乗る。かくして、離着陸三十何回目の旅も終りに近づく。

旅先で会った人たちは、いま、なにをしているんだろう。

（「小説現代」昭和52年5月号）

〈追記〉マニラの心霊手術の話がふくれあがってしまい、いったん帰って出なおしたのかとお思いのかたがあったかもしれないが、連続しての旅である。

よくも回ったものだと、思い出すと自分でも感心する。

＊

心霊手術は、そのごも時おり、雑誌やテレビで話題になっているようだ。日本からもそれを体験するための、団体ツアーが出発しているようである。

好奇心の高まりというべきか。ただの観光でなく、もっと変ったものをというわけなのだろう。それだけの金銭的余裕があり、すなおに面白がり、効果がなくてもともとという考えでなら、悪いことではない。

しかし、かえって悪化した、だまされたとあとでさわぐのは感心しない。そういう人は、行くべきではないのだ。

欧米人は自己の責任で行動する性格、さわぐ人は少いだろうと思っていたが、心霊手術師を詐欺だと訴える事件が、けっこうあるらしい。英字新聞にのっていたと教えてくれた人があるのだ。

しかし、裁判に持ち込んでも、勝てないしくみになっているのだ。まず、治療費の金額を決して明示しないよう注意している。お客が自分の気持ちによって、進んでさし出したのである。そうもいくまいが、払わなくたってむこうは強く請求できないのである。このやりかただと、詐欺にはならないらしいのだ。

奇妙なショーの見物と体験といったゆとりを持って出かけるべきだ。一種の観光資源であり、術者だって悪意をもってやっているのではない。心のなかでは、なにかのプラスになればと思ってやっているのだろう。白か黒かときめつけるべきではない。

外国から日本に来た人が、神社や寺院の行事を見て「ひどい迷信だ」と言ったら、私たちもいい気分ではない。

それにしても、なぜこんなことがおこなわれているかである。そもそものはじめには、本当にやった人がいたのではなかろうか。また現在でも、ひとりぐらいはトリックでなく、やってのける人がいるのかなとも思っている。

＊

東南アジアをまわって感じることは、多彩な宗教という点である。しかも、それが日常生活のなかにとけこみ、だれもがそれを当然としている。それが、それぞれの国の伝統となり、文化のささえになっている。

そもそも、文化とはそうあるべきものなのかもしれない。となると、わが日本の文化をささえているものは、なんなのか。どこに独自性がある。大きな問題を突きつけられたような気分にさせられる。旅行中は暑くって、考えもしなかったことだが。

＊

どの国も、経済成長がすばらしい。すべてが順調とはいわないが、よくがんばっているという印象を受けた。

日本人が勤勉さによって経済大国に成長したのはたしかである。しかし、温帯という条件を考慮に入れなければならない。夏はたしかに暑いが、その日数は限られている。

東南アジアでは、日本の真夏が一年中つづいているようなものである。そのなかでの産業振興なのだから、考えてみれば大変なことなのだ。道路の建設ひとつをとりあげても。

＊

もし私が何年か早く生れていたら、戦争にかり出され、この一連の旅行のどこかの地で、命を落していた可能性は大きい。運命はどこで分れるのか、わかったものじゃない。

しかし、その種の感慨は、正直なところ、心のなかにあまり湧《わ》いてこなかった。いいの悪いのでなく、それが歳月の流れというものなのだろう。あるいは、仮定の問題を考えはじめたらきりがないということか。

＊

帰国してから豊田さんに会った時、

「バード、バタフライ、それにブーケとすれば、Bが三つそろいます」

と言われた。ブーケは花束。ブーゲンビリアでは品種が限定され、ブーケのほうが適当かもしれない。ずっと考えつづけていたらしい。彼もものずきである。

——昭和53年7月

# 香港・台湾占い旅行

１９７７年

一月十日。私たちは香港へと出発した。同行者は編集部のF君。三十五歳のまじめな好青年である。それに李嘉《リーシャー》さん。台湾の中央通訊社の東京支局長で、五十歳なかばの温厚なかた。日本語がじつにうまい。

ひとりでの外国旅行となると私は腰をあげないが、世話をしてくれる人がいっしょだと、行く気になるのである。ことのおこりは「文芸春秋デラックス」誌からの依頼であった。

「香港、台湾に四柱推命《しちゆうすいめい》という、よく当る占いがあります。行って体験してみませんか」

昨年十一月に東南アジアの旅をしたばかりなので、そう乗り気にならない。

「考えさせて下さい」

考えているうちに、いくらか興味が高まってきた。四柱が、占いのなかで最高のものであるとは聞いている。そういう神秘的なものが実在するのなら、じかに見聞してみるのも悪くない。それに、前回の旅では台湾名産のカラスミが季節はずれだったが、いまや食べどきである。ついでに買って帰るとしよう。

「いかがです、決心がつきましたか」

「つきましたよ。行きましょう」

ほかに志願者はいないらしい。四柱の的中率のきわめて高いというわさに、恐れをなした人が多いようである。しからば、私が進んで生体実験にこの身を提供しよう。死ぬのがこわくて、生きていられるかだ。

では、凶の宣告を受けても平気なのか。いや、私だって、その場合はうんざりするだろう。しかし、必ずそうなるとは限らないのだ。それに、五十歳ともなると、いささか図々《ずうずう》しくもなるのである。

私は定期的に、近所の医者へかよっている。そこの先生は慎重派で、なにかというと血液検査をしたがり、すぐ血を抜き取る。これは、がん研究所へ送られ、精密検査の結果がリストとなって戻ってくるのである。

それを聞きに行く時のサスペンス。死への不安は、戦時中、爆撃にさらされた東京での生活の時と同じく、平和の現在だってなくなってはいないのだ。また、その血液検査によって、胆のう炎の早期発見ができ、うまく治療ができたということもあった。

しりごみしていては、なにもできない。未見の世界を見ずして死ぬより、はるかに面白いではないか。

どうやら、私もいささか固くなっていたようである。そんなことはともかく、香港の空港へと無事に到着。ホテルへ荷物を置き、馬さんという李さんの古い友人の案内で、フード・ストリートという小さなレストランの並んだ横町へ行く。どれも新築で、しゃれた店ばかりである。ガードマンらしいのが三人、パトロールをしている。安心感があるというべきか、治安の状態はどうなのだろう。

そんなことなど、どうでもいい。ただの旅行記を書くためにやってきたのではない。目的は占いなのだ。

翌日の九時ごろ、鉄板神数《てっぱんしんすう》という占いをやる阮《ゲン》さんをたずねるべく、私たちは街へ出た。しかし、なんということ。その住居のあるべき番地に、それらしき人はいないのである。近所の人も知らないという。ここでぐずぐずしていては時間の浪費と、もうひとりの予定者のところへ行く。

名は鐘之南《しょうしなん》、号は異谷子《いこくし》。骨相によって占う人だそうである。香港で、一戸建ての家に住んでいる人は、ほとんどいない。彼の場合も同様。これといって特徴のないビルに入り、がたがたした音をたてるエレベーターで八階にのぼる。あった。李さんが紹介状を見せると、ドアをあけてくれた。待合室の椅子にしばらく腰を下していると、やがて、診察室とでも称すべき部屋に案内された。

小柄で少しふとりぎみの、七十歳ちかくと思われる男があらわれた。これがその先生である。おだやかでにこやかな表情をしているが、その底には苦渋といったものが秘められているようにも感じられる。

「このノートに生年月日を書いて下さい」

と言う。骨相ならそんなこと関係ないだろうと思ったが、言われるままにした。もっとも、もらった名刺をあとになって読むと「揣《すい》骨論相、易理推命」とあり、裏の英文表示によると、生れた日も占う要素のひとつになっていた。以下、李さんの通訳での会話。

「酒を飲むと、赤くなるほうか、青くなるほうか」

「青くなったりはしません」

まず、左手、頭、足と、骨と皮膚の上からさわられる。へそを見せろと言われ、従う。さらに、ひざの骨にもさわられる。医者の診察を受けているような気分だ。

「学生時代、優秀で、組織能力があり、活躍家であった」

あまり思い当らぬ。東大を出ているが、自分では優秀だと思ったことなどない。

「社会に出て、政治に関係した」

「戦後、父が参議院議員になり、その秘書をつとめたことはあります。そのことかな」

肩書きだけの秘書で、政治に関係したとはいえそうもないが。

「大学を出てから三十四、五歳まで、公務員であるような、ないような……」

半官半民の企業につとめたらしいと言ってるようだが、これははずれ。

「三十五、六歳のころ挫折《ざせつ》があり、人生の転換期を迎えた。それはいい方向へむかってである」

挫折はともかく、私が作家としての道を進みはじめ、これこそ一生の仕事と熱を入れはじめたのがそのころで、転換期であったことはたしかである。私は感嘆の声をあげてうなずいた。

「そうです、そうです」

「そして、三十九、四十歳と、女性関係で問題があり、思うようにいかなかった」

「そんなことはありませんよ」

忙しく、仕事の鬼となっていた時期で、銀座《ぎんざ》にもあまり行かなかった。満年齢になおしても、あてはまらない。三十歳のころのまちがいじゃないのか。

「あなたは外見は紳士的だが、内心は強く、あくまで主張をつらぬく。父親の力を借りたがらない個性がある」

「おっしゃる通りです」

話題はもとへ戻り、四十代における私の人生の変化の分析となった。じつは、私が作家であることを告げてないのだ。それに私自身、いつごろ不調だったか、すぐには思い出せない。メモしておいて、あとで調べることにする。

「かぞえ四十五歳から二年、収穫と安定の時期に入った」

文庫本が売れはじめたことであろうか。

「四十八歳ごろから、なにか副業を……」

明治時代を舞台にした作品を書きはじめたことであろうか。

それから、この一年の運勢の予想を言い、五年間は順調だとのこと。しかし、そのあと幹部不足に悩むから、その養成をおこたらぬようにとの注意もあった。SFあるいは短編の新人賞の選考委員をたのまれたら、引き受けるべきなのかもしれない。

「この占いには霊感も加わっていますか」

と私が聞くと、異谷子先生は答えた。

「いっさい用いません。これは科学です」

骨相学の発生は古いが、現在やる人は少ない。自分は、その復興に努力しているのだとのこと。また、こうも言った。

「わたしは率直なところ、日本人に対していい先入観を持っていないのです。だから、当てにくい」

大陸における戦争中、先生は国民党《こくみんとう》の政界や軍に関係し、多くの占いをおこなった。湖南《こなん》でのある戦いで、決戦を延期しないと全滅すると司令官に進言したが採用されず、その通りになってしまった。また、日本が降伏したあとの内戦時代、中共軍《ちゅうきょうぐん》に逮捕され、銃殺寸前までいったこともあるという。

いい家庭の生れだったのかもしれない。そして、働きざかりの大部分の人生を、戦乱のなかでついやしてしまった。そのあげく、いま香港のアパート・ビルの一室で、占いを業としている。長編小説になりうる、波乱と悲劇にみちた過去を持っているのだ。

私が彼の過去を当てる立場になったとしたら、なにひとつ口にできなかったろう。それに反し、ある部分を除いて、彼は私の過去をいちおう作り上げてみせたのである。

そこを出て、軽い昼食をとっている時、李さんが私に聞いた。

「感想はどうです。何点ぐらいです」

「さあ、五〇パーセントと言いたいところですけど、初対面、なんのヒントもなし、日本の社会事情も知らず、それで五〇ですから、六〇パーセントちょっとは信じたいという気分ですね」

それからしばらく散歩と買物で時間をつぶし、ホテルに戻る。部屋でひと休みしていると、夕方、李さんがさそいに来た。古い友人の井さんの一族が、夕食をごちそうしてくださるとのこと。

その再会のシーンは印象的だった。三十年ぶりだそうだ。李さんたちは昭和十年代に演劇に関係していた。井さんは現在、新聞に関係しながら、演劇の仕事もつづけている。

「映画で軍閥の役をやるので、頭をこのように坊主刈りにしているのです」

そのお嬢さんも女優。結婚した相手は、かなりの商売をやっている青年実業家。その弟さんなどが同席しての食事である。中国人が親類や友人の縁をいかに大事にするかを、まのあたりにする思いがした。青年実業家は、にこやかに落ち着いていて、非常に感じのいい人だった。

女優時代の江青夫人についての面白い話も出たが、いちいち書いていたら、横道にそれる一方である。

翌日の朝食の時、李さんが言った。

「鉄板焼きの先生の場所がわかりました。午後に会えるでしょう。番地のまちがい。五八三でなく、五八〇の三階でした」

昨夜、古い友人たちに電話して連絡をとり、その所在をつきとめたとのこと。かなりの責任感の持ち主である。おかげで私は「鉄板神数掌紋哲学名家」なる肩書きと看板の主、阮雲山氏に占ってもらうことができた。

ビルの一室ではあるが、はなはだそまつな内部である。奥は住居らしく、薄暗いなかに二段ベッドがいくつも並んでいる。そんな一部を区切り、照明をつけ机を置いた一画で占いをやっていた。

先客に若い女性客があった。けっこう繁盛しているようだ。ソロバンを使っている。あとで知るところによると、鉄板とはソロバンを意味しているそうである。

やがて、私の番となる。阮先生は私の右手をつかみ、手相を見ながら話しはじめた。これではメモが取れない。F君は写真をとるのに熱中している。そこで、李さんに通訳ばかりか、メモまで引き受けていただいた。

「あなたは知能が高く、活動型で、急進派。計画性があり、情が深い。大学出で、二十七から三十歳のあいだに結婚した。幼時は虚弱。名は高まるが、財産はできない……」

結婚の時期はちがっているが、父の死による会社の処理という事態がなければ、たぶん、そのころに結婚していただろう。好意的すぎる解釈であろうか。

急進派とはどういうことなのだ。SFという新しい分野を手がけたことだろうか。活動型、計画性も、言われてみればそうかもしれないと思う。しかし、平穏静止型、奔放性と言われていても、うなずいたかもしれない。そんなことを考えていると、こう言われた。

「昨年はよくありませんでしたね」

これには、びくりとした。事実、右手の不調により、いらいらがつづき、執筆量が大はばにへり、作家になってから最悪の状態だったのである。

それから、本年の運勢についての月ごとの予想となった。昨年が悪かったせいか、かなりいい内容である。さらに未来については、これから七年の大運にめぐりあうという、うれしいお告げもあった。

なんだ、これでは手相だけではないかと思ったが、やがて阮先生は私の右手をはなし、生年月日と時間をもとに、ソロバンの玉をパチパチとはじきはじめた。

小柄で眼鏡をかけた六十歳ぐらいの人で、きまじめな表情。中学校の老教師が試験の採点をやっているといった感じである。やがて言った。

「兄弟は三人か」

弟と妹が一人ずついるから、計三人となるだろうと言うと、李さんの通訳によれば、中国語で兄弟は男だけをさし、これは当っていないという。つまり、NOなのだ。

「両親は存命か」

これもNOである。なんでこんな簡単なことを聞き、しかも当らないのか、不審である。その解説がなされた。すなわち、その時間帯に生れた人にも、八つのパターンがあり、そのどれに相当しているのかの検討の段階なのだそうだ。

となると、時間がかかりそうだ。五時ごろまでに空港に行かなければならない。そこで、F君にホテルへ戻って荷物を取り、空港へ直行してもらって落ち合うことにした。

「ヒントをくれれば、容易である。奥さんは、なに年か」

時間の節約のためだ。私はトリ年だと答えた。また、パチパチとソロバンの玉がはじかれる。

そして、なにか言う。そばに中年の女性の助手（たぶん奥さんであろう）がいて、それに応じて、占いの本の何ページの何行目かを指で示し、阮先生がそれを読む。

「父は死去、母は存命と出ている」

その通り。さっき私は両親のうち一方がいないと答えたが、どっちとは言わなかった。

「兄弟二人のうち、一人が名を高める」

弟より私の方が有名のようである。

「二十歳前に結婚していたら、よくない」

さいわい、そうでなかった。

「奥さんはトリ年で、女の子が二人……」

なにもかも、ぴたりぴたりである。奇妙な感覚が、からだを走った。まさに、ふしぎとしかいいようがない。ワイフがトリ年であると教えなくても、やがてはこのパターンにたどりついたはずである。そして、どうやら私は、この運勢に支配されているらしい。しかし、恐怖心までは発展しなかった。やがて阮先生がなにか言い、李さんが本のその部分を指さして見せてくれた。

敏にして学を好み　有質有文

作家になる素質があったということらしい。私が作家であることは告げてないし、それらしい外見をしているとも思わない。それなのに、こう出ている。まさに驚きだ。つづいて、さらにこうも書かれてあったのだ。

　意中に羽翼を生じ筆下に風雲を起す

想像力を使う分野で、飛躍したタイプの作品を書くという意味のようである。ここまで的中するとは。これからは、色紙に「なにか一筆」と強要されたら、これを書くとするか。李さんの解説によると、これは論語のなかの文章だという。そして、これからよくなるという文もつづいていた。

私の人生のパターンが判明したようである。それにもとづき、さらにくわしく未来を占ってもらおうと思ったが、あいにくと空港へむかわなければならない時間だった。

謝礼を払ってそこを出る。かくして私は占いへの感嘆と、かなりの満足感を得たわけである。人生のことだから、いいことずくめのはずはない。くわしい予測をされたら、いやな予告を具体的な形で聞かされたかもしれない。つまり、いいひけ時だったわけである。ひょっとしたら、私は運がいいのかもしれない。

Ｆ君とは空港で会うことができ、私たち三人は台北行きの機に乗った。ビールを飲みながら、私はつぶやく。

「まったく、あんなふしぎな気分を味わわされたのは、生まれてはじめてだ」

台北のホテルでは、作家の藤島泰輔《ふじしまたいすけ》さんと会った。彼は李さんと、古いつきあいのようである。

夕食をともにし、そのあと、ホテルの藤島さんの部屋で少し飲む。彼はかなりの四柱推命の信者らしい。私は疑問点を口にした。

「そう完全に的中するものなら、人生における努力とは、どんな意味になるのでしょう」

彼も自分が運命論者であることはみとめたが、この話題はあまり進展しなかった。私はすでに夕食でかなり酔っており、彼はここで受けた四柱による予告に従うべきかどうかの決断に、迷っている時だったのである。

しかし、藤島さんから聞いた、日本における四柱の信者の話は印象に残った。あるテレビ局のプロデューサー、その人は長生きできないと告げられたそうである。そのため、限られた人生を最大限に活用すべく、充実した日々をすごすよう努力しているのだという。なるほど、それもひとつの人生観であろう。

つまり、藤島さんにとって、なんらかのプラスになっているのなら、はたでとやかく言うことはないわけだ。

翌日の午前、第一大飯店にむかう。大飯店とはホテルのことで、その七階の一室を住居兼仕事場として、辛盧《しんりょ》という人が占いをやっているのである。

そこを訪れた。香港の二人にくらべ、一段と高級な内部である。色の黒い、金ぶちの眼鏡をかけた五十歳なかばの人である。机の上に『女性自身』がつみあげてある。これを愛読しているのかと思ったら、タレントについての占いを連載したらしい。日本語はぜんぜんだめで、李さんの通訳によって話を進める。

私は用紙に、生れた年月日をくわしく書いた。祖父の残した日記によって、何時何分まで明確にわかっているのである。私がわが身を実験台にしようと考えた理由のひとつは、ここにある。当らない言いわけに「出生の時間がもっとはっきりしていれば」と相手に弁解の余地を与えないためである。

辛さんは私の人相や手相を見ることなく、ビジネスライクといった感じで、すぐさまとりかかった。横長の小型の本を参照しながら、一種のリストのようなものを作成してゆく。この小型本は鉄板の阮さんも持っていた。旧暦に換算するためのものか、四柱における必要品のようである。生年月日だけでことたりるとなると、面会の必要もないわけで、週刊誌の連載には適当かもしれない。あとは翻訳さえすればいいのだ。

辛さんはさらに、机の引出しから出した、自分で作成した秘密の一覧表といったものにより、補正を加える。先生というより、商社マンといった感じである。そして、いよいよ発言となる。

「ユニークというか、特質的な才能があり、どんな仕事をしても、一般の人とちがった処理をする能力の主である。オリジナルな知恵があり、これが生れつきの条件となっている」

はじめてこの人に占ってもらっていたら、私は飛び上っていただろう。それにしても、SF作家になっていてよかった。さもなければ、巧妙きわまる詐欺師になっていたにちがいない。いや、あるいは、そっちのほうが面白かったかも……。

「あなたは天徳星とつながっており、金銭で困ることはない。しかし、金は入るが出てゆき、たまることがない」

財産など、どうでもいい、生活に困らず作品が書ければ、それでいいのだ。しかし、金はなんで出てゆくのだろう。税金のことなのだろうか。

「四十一歳のころ、運命の転機があった」

どうも、ぴんとこない。まあ、いい。百パーセント的中したら、それはもはや占いではないのだ。天気予想が百パーセント当たれば、それは気象コントロールが可能になった未来社会である。

「昨年はよくなかったでしょうが、これから十年はよろしい。ただし、来年は注意のこと。ウマの年ですから」

最も注意すべきはタツの年で、ついでウマの年なのだそうだ。また、私は五行の木火土金水《もっかどごんすい》のうち木に関連しており、木すなわち紙。たとえば出版などにむいているという。職業をあかしてないにもかかわらず、当らずといえど遠からずである。さらに、

「過去二十年は知恵で生きてきた。そろそろ、変化するきざしがある」

二十年とは、作家になってからの年数にぴたりである。これをどう解釈するかだ。ノンフィクション的なものも手がけはじめた、ということなのだろうか。

私はかねての疑問を口にした。

「そもそも、原理はなんなのですか」

「星の運行と人の運勢との関連です」

「しかし、中国のこの種の占いの歴史は何千年。地動説の出現は、数百年前でしょう」

「いや、昔の人も、占いの専門家は地動説を知っていたのです。地球の公転が三百六十五日と

四分の一ということも……」

辛さんは勢いづいて、しゃべりはじめた。彼の肩書きは、中西星象学家である。中は中国、西は西洋のことらしい。どうやら、西洋の占星術との融合で占っているようだ。米誌タイムにのったニクソンの星まわりの図を持ち出し、自分の説との一致などを話す。

さらに『正本・張果老五星大全』なる本を持ち出し「ここをごらんなさい」と言う。天秤《てんびん》、獅子《しし》などの文字がある。占星術の星座の名に相当する文字が、すべてそこに出ているのだ。生れた日による占いの発生はバビロニアで、西へひろまって発展したのが占星術、東へ伝わって形成されたのが四柱推命。これが彼の持説で、アメリカの占星術師たちとの交流をさかんにし、もっと完成度を高めたいというのが彼の念願である。

余談になるが、帰国してからさっそく百科事典で調べてみた。地動説という考えは、なんと紀元前の五世紀に古代ギリシャの学者によって言い出されているのだ。ガリレイを偉大にするためこのことを省いて教えるから、まごつく。キリスト教の制約のない古代中国で地動説に気づいた人がいたとしても、少しもおかしくない。

辛さんはこんな話もした。あるスチュワーデスに凶の占いが出たので、注意するよう告げた。しかし、飛行機の不時着水という事故が発生し、乗客乗務員の多くが助かったにもかかわらず、彼女に関してはハイヒールの片方がみつかっただけ。あとで『命学士稿』なる本で彼女の運命を調べなおすと〈死して屍《しかばね》を見ず〉という文に出あった。かくまで当るものかと、自分でも驚いたという。

「いったい、どんなきっかけで、この道に入ったのですか」

「もともと関心はありましたが、はじめは紡績のエンジニアでした。それから、出版などいろいろな事業をしましたが、みな失敗。そもそも、他人は成功するのに、なぜ自分はだめなのかと、その研究をはじめたわけです。占いを職業としてから、一万人ほどみてきました。八〇パーセントは的中していると思います。自信を持っています」

私の場合、首をかしげた部分もあったが、八十点はあげてもいいと思う。手相も人相も見ず、誘導尋問的なことはひとつもせず、最初の発言で驚かされ、過去に関してはそう大きくはずれてもいない。また、悪い予言もされなかった。八〇パーセント当ってほしいというのは、私の期待でもあるのだ。

お礼を言って、そこを出る。

軽い食事をし、午後はいよいよ、今回の旅行のハイライト、心理学教授の肩書きを持つ、通称「プロフェッサー・リー」この分野の権威、李君平先生の番である。藤島泰輔さんの尊敬する人でもある。

もっと緊張すべきなのだろうが、私にとってはこれで四人目。いささか占いずれしてしまっている。

「なんだかきのうから、過去当てクイズの審査員をやってるような気分だなあ」

という不謹慎なことを、自動車のなかでつぶやいてしまう。

この人の本拠は香港で、文学哲学史学の研究所と出版社を持っているらしい。しかし、台湾の有力者からの占いの件で呼ばれることも多く、この地にも部屋を借りているのだ。

行ってみると、これがいかにも豪華なマンション。台北において最高級クラスのものではなかろうか。李教授自身もまた、なかなかの貫録である。背が高くて堂々としており、太いふちの眼鏡をかけ、力のこもった低い声で話す。

私の生年月日と時刻を紙に書いて渡すと、机にむかって図表の作成にかかる。時おり考え込み、タバコを吸う。まさにプロフェッサーといった感じである。もらった名刺の裏を見ると、ドクター・オブ・フィロソフィーの肩書きもついている。

やがて私の手相、とくに左右の親指を入念に調べながら言った。

「あなたは外見に反し闘争的である。また、感情が豊富である。想像や思慮に長じているが、勇気が不足している……」

そして、私の持つ矛盾性を指摘した。こういうことを言われたのは、はじめてである。なるほど、そういう見方もあったのかと、新鮮な印象を受けた。たしかに私は闘争的で、ばかげたことに対し感情的に激怒するが、表情に出すことは少なく、行動にまで発展することは、まったくない。勇気不足となるのである。

広くつきあうが、深いつきあいとなると、そう数は多くないとのこと。計画性と妥協性が共存している。人相の上半分は権力をめざす形だが、下半分がそれに反していて、そうならない。これも矛盾である。また、ものごとに巻きこまれやすいそうだ。なるほどなあと思っていると、教授は言った。

「そのため、金銭的な管理能力に欠けていて、つまり浪費家タイプです」

たしかに、経済的な才能はない。

「けっこう税金に持っていかれますから、浪費ということになるかもしれません」

「いや、そうではなく、金銭の浪費です」

通訳の李さんにたしかめてもらったが、言葉どおりの浪費なのだそうだ。しかし、気前よく金をばらまいたりしたことはない。衝動買いをすることはあるが、高価な品でやることはない。精神的な浪費のことかと思ったが、そうでもないらしい。ちょっと不満。

一方、話はどんどん進展している。本年の運勢をメモするのが、せい一杯。来年は少し悪くなるかもしれないとも言う。

時どき、なにげない言葉をはさむが、なかにいやにリアルなのがある。

「少年時代に夢見がちであり、そのため、あとで不眠症になる」

まさに、そうなのだ。このたぐいの、ちょっとしたことで、びりっとくるものが三つほどあった。浪費の点でひっかかっていなければ、私も藤島さんのような熱烈な信者になったかもしれない。彼の説だと、あと四年たたぬと私は安定期に入らないそうだ。

「一九六三（昭和三十八）年になにか重要なことがあったのでは」

「さあ」

心当りがないのである。帰国して年譜を調べたが、作品「ボッコちゃん」が英訳され米誌にのったことと、SF作家クラブが出来たことぐらい。人生の一大事というほどのことはない。

「では、一九五二（昭和二十七）年に変ったことが」

「ええ、父の死んだ翌年で、かなり苦労しました」

これはだいぶ当っている。

「なにか、とくにご質問は……」

それがないのだ。申しわけないが、ただ珍しい体験をしたくてやってきたのだ。しかし、右せんか左せんかといった大問題に悩んでいて、それを聞いたら、李教授は的確に答えてくれただろう。そんなふうな人なのである。

私にかわって、F君がみてもらった。図表の作られるあいだ、彼はかなり緊張していたのではあるまいか。占われるのは今回の旅行で、はじめてなのである。やがて、教授が解説をはじめた。

F君については、つきあってまもないので、私もよく知らない。また、文春の社内の事情や、昇進、人事異動のしくみについてもよく知らない。的中したかどうかの感想はあとで聞くことにする。

F君は手相の生命線が途中で切れていることを、かなり気にしていたらしく、そのことについて質問したが、たちまち明快な解説があった。

「その時期はもう過ぎました。気にすることはありません。うまく乗り切ったのです」

彼はほっとしたようだった。さらに、いろいろとこまかく聞いている。なるほど、会社づとめは、昇進や異動などはっきりしたものだったのだなと、あらためて知る。そこへゆくと作家は、これといった区切りをつけることがむずかしい。私など、二十年一日といった感じである。占いにくい職業なのかもしれない。

そのあと、私たちはかねて用意の、一九三三年十二月二十三日午前六時三十九分に出生した人についての占いを依頼した。図表が作成され、解説となる。

「この人は、最高のトップレベルで動いており、有名である。温かい家庭環境に育ってはいないが、つねに人のためを思い、善良な性格で、あまりしゃべらないが、うそをつくことがなく……」

すなわち皇太子殿下である。出生の時間まで知りうる有名人となるとなかなか思い浮かばず、これをメモしてきたというわけ。

しかし、李教授はどうやら勘づいていたようである。彼がすでにこころみていたのかもしれない。あるいは、ご学友の藤島さんあたりが、すでにうかがっているのではなかろうか。そつのない答えだった。

「ごく珍しい四柱です。この人の未来については、あまり言いたくない」

午前中の辛さんの時に持ち出せばよかったと後悔したが、もはや手おくれ。

教授の占いは、けっこう時間がかかる。李さんは六時にだれかと会う約束があるのだ。友人の小松左京《さきょう》のをやってもらう時間がなくなってしまった。その生年月日を書いて渡し、解説はあとで書いてもらうことにした。

ホテルへ戻ると、李さんの紹介による陳燦暉《ちんさんき》という人があらわれた。台湾うまれ。終戦の時には小学四年生だったという。そのため、日本語は日本人と大差ないぐらいうまい。しぜんに日本語をおぼえた最後の世代である。

弁理士であり、自分でも多くのパテントを持っているという。『京都』というスナック風のバーへ連れていってもらった。香港とちがって台湾の治安のよさは有名で、その点まことにありがたい。陳さんは景気がいいらしく、活気があって陽性で、親切な人である。私たちの旅行の目的を聞くと、

「それなら、すごく当る人を、あした紹介してさしあげます。わたしも、この特許が売れるか売れないかなど、いつもぴたりと当ててもらっています」

とのこと。ご好意をありがたくお受けすることにした。そして、酔って眠ったはいいが、あけ方ちかく、私はすごい下痢をした。うとうとと眠っては起き、三回ほどトイレに行き、ついには出るものもなくなった。なんということ。こんな目に会うとは、だれも予言してくれなかった。

そんなわけで、朝食は抜き。約束の時間にロビーへ行くと、昨夜の話どおり、陳さんがその占いの人と待っていた。

三十五歳ぐらいの、まだ青年といった感じで、頭のよさそうな人である。日本語は話せない。名前は陳《ちん》怡《い》魁《かい》で、理科系の学校を出て、ハリ灸《きゅう》の分野から、四柱の占いの道へと進んだという。育ちもよさそうだ。

私はぐったりとしており、F君に「お先にどうぞ」とすすめた。生年月日に姓名判断をプラ

スした方法である。

メモ用紙を使い、日本語の陳さんがトイレに行って戻るまでのあっというまに、結果を出してしまった。そして、陳さんの通訳によって解説がなされた。F君はしきりにうなずいている。

時間をもてあました形になり、それでは私もということになった。陳青年は言う。

「幼時は虚弱であり、やがて健康にめぐまれてきた。中学まで学校の成績はベストではなかった……」

いちおう当っている。

「……三十歳から三十九歳にかけて、かなりの努力をしてきた……」

作家になろうとし、なんとか軌道に乗るまでの時期に相当している。

「……四十歳以後、順調な状態になった。多くの人があなたを必要とした……」

たしかに、本の売れ行きが安定したものとなったころである。

「性格として、意志がかたく、容易に決意を変えていない。かぞえ二十六歳のころ、やりたいことがたくさんあったが、やれずに終った。大きな夢だったが、それは実現しなかった」

ここで私は、びくりとした。この年の一月に父が死去し、傾きかけていた会社をなんとかたてなおそうと、苦心さんたんした時期なのである。こうずばり指摘されたのは、この人がはじめて。私の人生の一大変動のこのことを、いままでの四人は、強く触れてくれなかった。いささかのもどかしさが残っていたのである。そこで私は質問した。

「たしかに、そうです。すると、この時の苦労と、さっきおっしゃった三十歳から三十九歳までの苦労とは、どうちがい、どう関連しているのでしょう」

「二十六歳の時のは外的な条件によるもの。そのあとのは自己に関するものです」

まさにその通りなのだ。あまりのすばらしさに、霊感でわかったのかと聞くと、そうではない、四柱による占いだと言う。李教授でさえ使っていた例の小さな換算表らしき本を使わないところをみると、すべてが頭のなかに入っているためかもしれない。まったく、なんという頭脳の持ち主なのだろう。

日本語の陳さんの説明によると、この陳青年は日に二十人ずつ占っているが、謝礼は取らないという。もっとも、F君が持参したシイタケは受け取ってくれたが。

ついでに、小松実《みのる》の占いもたのんだ。ペンネームが左京なのであることなど、知らないはずである。かりに『日本沈没』の映画を見ていても、その作者の略歴まで知っていまい。そして、それもたちまち答を出し、私の知る限りのそれと、ほぼ一致していた。

いくらでもこなしそうである。

またも皇太子殿下を持ち出したが、この人の姓はなんだとなり、天皇家には姓はなく、日本通の陳さんが通訳とあってはごまかすこともできず、当りさわりない回答となってしまった。

「福田《ふくだ》赳夫《たけお》はどうでしょう」

とF君。あらかじめ生年月日を調べてきたらしい。

「ことしの十二月に苦境に立つ。来年はさらに困難が増す。そして、一九八〇年の十一月に退陣します」

その通りになればお気の毒なことだが、満三年にわたって政権は維持するわけである。

「加藤和枝《かとうかずえ》はどうでしょうか」

美空《みそら》ひばりの本名である。

「人事管理の才があり、部下にきびしい。緊張タイプで、ここ数年、楽でなかった。三年後に、身心ともに満足する時期がくる」

やがて、昼食となる。もっとも、私はほとんど食べなかったが。陳青年に聞く。

「ご自分のを占ったことは」

「あります。一九八〇年までは金が身につかないことになっています。だから、謝礼は受け取らないのです」

金に余裕ができると病院を作り、慈善事業的な運営をし、その数は三つになったという。また、サイゴン崩壊の寸前、多くの知人を台湾に引きあげさせて難をまぬかれるよう助けたという。いま、この分野の弟子を二十人ほど養成中とのこと。みごとな生き方である。

ちょっといじの悪い質問。

「ある人を占いで助けて成功させれば、一方、どこかでそれだけ損をする人が発生するわけでしょう」

「ほかの人たちの損はしれていますよ。相談に来た人を助けて、どこがいけませんか」

まさに中国人らしい現実的な思考である。われわれだって、本音はそうなのだ。

大陸中国についての話題はタブーなので避けたが、どうやら北京《ペキン》の要人たちについては、それぞれ占いがなされているらしい。華国鋒《かこくほう》のような経歴不明の人物が出てきたのも、台湾側に手の内を読まれないようにするためかもしれない。

食事のあと、少し買物をして空港へ。李さんはあと数日、この地で仕事をし、東京へむかう予定である。

機内でF君に話しかける。

「どうです、占ってもらっての感想は」

「とても、ひと口には言えません……」

そうだろう。私だってご同様だ。彼はさらにつづけた。

「……陳さんのは当るようですね。のべ六万人を占ったそうですよ」

それだけのお客がついているということは、信用があるわけなのだろう。まだ貫録はないが、頭の切れる人のようだ。彼の忠告に従うとするか。これから五年間、いまの方針を変えなければ、四年後には大きな成功があるらしいのだ。

そして、帰国。ああ面白かった。しかし、作家となると、それだけではすまない。紀行文とまとめを書かなければならないのだ。五人に占ってもらったので、メモがいっぱいたまっている。

それぞれの言葉を、リストにして並べてみた。さて、これをどう整理するかである。こんなことをやるはめにおちいったのは、私がはじめてではなかろうか。

「香港の二人は実践派で、台北の二人はインテリ派でしょう」

との李さんの言葉を思い出した。そうかもしれないが、予定外だった陳青年に接すると、その分類もおかしくなってくる。彼はまったく新しい世代に属する。

五人に共通しているものはなんだろう。それは霊感の否定である。新興宗教的なムードはなにもない。みな応用人生科学といった形でおこなっている。日本で占い師というと、なにやら神秘的なかっこうをつけたがるが、そんなポーズはまったくなかった。

何千年の歴史と動乱の年月のなかで、宗教を持たない中国民族のうみ出した知恵といったものであろう。すがるべき神がなく、現実主義の社会においては、人はどう生きるべきかの指針を求める。それに応じて成立したのが、この四柱推命なのである。

そもそもの原理は統計にあるらしい。出発前に何冊かの入門書を読んだが、当る理由の説明はなにも書いてない。自分でやってみようとしたが、そのためのリストを作るのさえ大変である。すぐにさじを投げた。これからプロにやってもらうのだ、しろうとの私が無理をすることもあるまいと。

そして、やってもらったのが、この結果。共通する部分を拾いあげると、幼時に虚弱だったこと。人生に一転換があったこと。名は知られるが、さして財産はできないこと。

ほかになにかと考え、新発見をした。

辛さんの「タツの年に注意」の言葉である。昭和二十七、三十九、五十一年である。この前後が問題らしい。昨年があまりよくなかったと言われたのは、五十一年をさしているわけだ。

多くの人から三十九年ごろになにかあったろうと言われたが、現実はもうひと回り早かったのである。

李教授は私の否定で「では昭和二十七年」と言いかえ、私をうなずかせた。そこを、陳青年は一発で的中させたのである。

つまり、大ざっぱな原則はあるらしいのだ。しかし、それだけでは通用しない。そこで、骨相、ソロバン、占星術、手相、姓名といった補助的なものを、それぞれ独自な判断で導入しているわけであろう。

占ってもらった私の実感では、たしかになにかがあると答えたい。

世界中で最も現実主義者とされている中国人が、このようなえたいのしれないものを作り出し、長い年月にわたって活用し、さらに未来へも伝えようとしているのである。

しかし、これによって人生の将来がわかるのかどうかとなると、なんともいえない。一年がたってみて、そういえばだれの占いがと言えるのである。

予測に関しては、私は半信半疑である。SFによくある時間のパラドックス。たとえば陳青年だが、私の過去をほぼ百パーセント当てた。その他の人も、かなり核心に触れたことを言っている。

しかし、ここでこういう文を発表すると、陳青年などのところへ日本人がどっと押し寄せ、その才能をだめにしてしまうかもしれない。それが心配なので、本文についての問い合わせには、いっさい応じないつもりである。だが、世の中には抜け目のないやつもいるから、なんとか所在をつきとめ「占いツアー」などの団体が出かけるようになるかもしれない。そして、いざ私が「あなたの占いは当った、もう一回お願いしたい」と問題をかかえて相談に行こうとしても、予約で一杯ということだってある。そうなったら、どうしてくれるんだ、ではないか。

（「文芸春秋デラックス」昭和52年4月号）

〈追記〉帰国してまもなく、同行したF君が「文芸春秋」の本誌の編集部に移った。占いで言われていたのが的中した人事異動で、いささか興奮したらしい。そして、四柱推命をテーマに座談会がおこなわれた。昭和五十二年の六月号である。私も引っぱり出された。

出席者は柴田《しばた》錬三郎《れんざぶろう》、河野多恵子《こうのたえこ》、千種堅《ちぐさけん》（イタリア文学者にして、占いの著書もある）の諸氏。みなさん専門家以上という評判の人たちで、私のようななりたてのファンとはちがう。私はまず、かなりの率で過去を当てられた驚きをしゃべった。しかし、それはそうむずかしいことではないらしい。当然といった反応だった。

柴田さんは梶山季之《かじやまとしゆき》さんの死んだ時、占いなおしてみた。しかし、長寿のはずなので、ふしぎでならない。まもなく、梶山さんが生年月日をごまかしていたことが判明。やっとなっとくがいったとのこと。

千種さんの話によると、社員の採用や人事に占いを採用している社長があり、成果をあげているとのこと。

河野さんは、占いによって示された時期に芥川賞《あくたがわしょう》を受けたとのこと。

ナポレオン、オスカー・ワイルド、ヒットラー、アイヒマン、それぞれ占いがみごとに的中し、不運な人生をたどった。

運命論者にならねばならぬのか。私の発言。

「そう当ってしまうと、いままでの努力たるやなんだったのか、ということになるんじゃありませんか」

柴田さん。

「しかしね、大体きまっちゃうんですね。ずいぶんと、さびしい話ですよ」

＊

この文を書いている少し前に、柴田さんはなくなられた。死期を予知されていたのかどうか、それは不明である。

座談会の時には、しきりに「未来を知るのはこわくてならない。だから、ほんの少し先のことしか占わないことにしている」と話していた。なにかいやな予感のようなものがあったのだろうか。

あるパーティで、新章文子《しんしょうふみこ》さんと話す機会にめぐまれた。やはりこの分野にくわしく、占いブームのきっかけを作った人といっていい。こんな話をされた。

「自分の死ぬ時期を知りたくて、なんとか占おうとするのですけど、これだけはどうしてもわかりませんね」

その大胆さにも驚かされたが、新章さんほどの人がそこまでやっても不明となると、自分の死期はわからないものかもしれない。

柴田さんがそのうんちくを傾け、一冊の本にまとめておいてくれたらと、いまになると残念でならない。

＊

藤島さんが占ってもらった問題は、参議院の全国区への立候補の問題であった。何年か前に占ってもらった時、やがて仕事を大転換せざるをえなくなると告げられ、その時期が来て、政界への話が持ちかけられたのである。私もそんなことになったら、迷い、占いにたよろうとするだろう。

当選の可能性は、そう大きいといえなかった。私は友人たちに話した。

「もし藤島さんが当選したら、わたしは四柱推命の百パーセント信者になる」

そして投票もしたのだが、あえなく落選。なにか解釈のずれがあったのだろうか。李教授がでたらめを言ったとは、私には思えないのだ。

時間的な経過があるから書けるわけだが、一年間にわたる私についての予見では、李教授のが最も的中したのである。

「いろいろと努力はするでしょうが、ここ一年、はなやかな成果はもたらされません」

もう少しあいそがあってもいいじゃないかとその時は不満だったが、まさしく、そんな程度のものだった。

旅行記にも書いたが、作家という職業は、占いにくいのではないだろうか。柴田さんも「わたしの人生は殺人と関連が深いのです。だから、眠狂四郎《ねむりきょうしろう》のイマジネーションが出てきた。あれを書かなかったら、自分が殺人をしていたかもしれない」と言っていた。

作家、作中人物、作品。それぞれの運命は同一でなく、評価だってさまざまである。だから、それに挑戦しようという人が、作家のなかから出やすいのだろうか。

＊

私の熱狂はいくらか薄れたが、なにかあるという思いは依然としてつづいている。あの的中率は、でまかせではできない。もっと調べてみたいのだが、なにしろむずかしい。計算ちがいでもやったら、こんなばかげたことはない。

しかし、日本の占い師というのは、どうして神がかり的なムードになってしまうのだろう。商売上のためか、風土のちがいか。香港、台湾の人たちは占術士という感じだった。

＊

ＣＩＡとかＫＧＢとか、世界各国の大きな情報機関には、占いの部門があるのだろうと思う。信じる信じないはべつとして、占いは時に、まさかという未来図を示す。それを知って対策を用意しておくというのは、万一へのそなえになるはずである。

その光景は、想像しただけで楽しい。

最新型で高性能のコンピューターがそなえつけられている。記憶装置には、世界の重要人物の生年月日、時間、さらには生れた場所までおさまっている。もちろん、それらは情報部員によって確認されたものである。

国際会議の前など、出席者たちの運命表というか、ホロスコープというか、それらが算出され、最良の状態にするにはどうしたらいいかの案が立てられる。

どこかで、予想もしなかった政変がおこる。関係者の生年月日のチェックがなされる。また、どの種類の占いが最も近い予測をしていたか、それによって、予測公式の修正がなされ、コンピューターの回路がなおされ……。

こういうSFを、だれか書いてくれないものか。自分で書けばいいのだろうが、占いは不勉強で、スパイ物は苦手である。それに、現実にそうなっているんじゃないかという気がして、フィクション仕立てにならないのだ。

とにかく、こういう妙なものが存在するというのは、いいことだ。私は今後も関心を持ちつづけるだろう。

＊

香港の占いで「秋には外国旅行をすることになるでしょう」と言われた。その時は軽く聞き流していたが、それが実現したとはねえ。もっとも、外国旅行も日常的な時代だが。

——昭和53年7月

# バンコックふたたび

1978年

## 9月13日

朝の九時半に羽田空港に行く。台風が去ったあとで、空はすっきり晴れている。無事な飛行ができそうである。それに、十三日ではあるが、きょうは航空事故の起りにくい日である。ことしの春、妻子が沖縄へ遊びに行くことになり、航空券の予約をした。しかし、娘が「エニグマ」という超自然の専門誌を見て、この日は事故の起りやすい日だからいやだと言い出し、つぎの日に切り換えた。はたせるかな、その日、カナリヤ群島での航空機の大事故が発生したのである。

信じる信じないはべつとして、びくびくしながら乗らなくてすむということは、悪くない。今回も例によって翻訳家にしてSEAPCENTRE（東南アジア観光センター）所長、斎藤伯好氏のおかげである。彼が「星新一とバンコックへ、四泊五日の女性ツアー」なるものを企画し、その出発というわけなのだ。とにかく、しばらく書斎を離れるのは、いいことだ。

家にいると、つい机にむかってしまう。編集者が来たり、電話がかかってきたり、注文を引き受けたりしてしまう。機会をとらえて休む必要があるのだ。私はそんな性格なのか、旅行に出ると小説のことを、すべて忘れてしまう。まさに休養である。

心おきなく旅をするため、ある月刊誌の原稿を締切の一ヵ月も前であるこの前日に書きあげ、渡した。これも私の特技のひとつである。それでさっぱりとし、酒を飲んで早目に寝たので、けさは早く起きることができ、こんな時間に空港へ来られたというわけ。

早目に集合場所へ着いてあたりを見まわすと、若くかわいらしい女性があらわれた。声をかけてみると、はたして一行の一員。

「星先生と旅行がしたくて、盛岡《もりおか》から出てきました」

わあ、こんな熱心なファンがいたのか、といい気分になる。もっとも、そのうちこれは例外とわかる。やがて斎藤伯好氏があらわれて言った。彼も同行するのである。

「星さんの名前じゃ、あんまり集まりませんな。SFファンの連中は、金があると本を買ってしまう。外国旅行に使いたがらないみたいですな」

それでも四十人ちかく集まったのは、女性雑誌「アミカ」の力による。それとの提携なのだ。金まわりのいいのは、現在では独身のOLたちのようである。それでも半分ほどは、私の作品を読んだことのある人らしい。

荷物を渡し終ると、空港内の一室で、結団式。「アミカ」の常務の黒沢さんが私をみなに紹介。彼は私と中学が同学年なのである。世のめぐりあわせというわけか。そんな思いにひたりながら、あいさつをひとこと。

「なにかの縁で、みなさまと旅をすることになりました。こうして集り、帰国して別れると、もう二度と同じメンバーが顔を合わせることがないのです。古い言葉に一期一会というのがあります。楽しい数日間をすごしましょう」

一期一会なんて、私でさえほとんど使わない。しかし、パック旅行をするたびに、それがいやに実感をもって迫ってくるのだ。つかのまの連帯感というわけか。だが、それなりにいいものである。考えてみると、世の中自体がそうなのだが、そう感じたことなど、ぜんぜんない。ほどよい人数ということが、必要なのだろう。

ゲートを通り、ウイスキーのバレンタイン21を一本買う。旅行中はこれで足りるだろう。そして、搭乗、離陸。日航のジャンボで、席は七割ほど埋まる。

食事のあと、機内で映画がはじまった。「スター・ウォーズ」でもやってくれればと思ったが、そううまくはいかない。ボクシングと恋愛のからんだ「ロッキー」である。イヤホーンで聞くと、日本語のふきかえ。

まったく、久しぶりに外国映画を見た。眼鏡をかけたセンスと魅力のない女性が、恋をして眼鏡をはずすと、がぜん情熱的な美人になってしまう。いやになるほど使い古された手法だが、アメリカ人はこのたぐいが好きなのだろう。近視をなおしたければ、恋をしなさいだ。

機内で上映するとなると、戦争物だの宇宙物だの、墜落を連想させるのはよろしくないのだ。犯罪もヌードも、国によってはタブーがある。「ロッキー」は好評の映画だが、機内用の映画としての条件をみたしている。そのための映画も、つねに一本。収入は確実である。アメリカの映画製作者の計算には、感心させられる。

映画が終り、いささか退屈。空席へ移り、スマートなパーサーに話しかける。

「なんだかんだと、大変でしょうね」

しょっちゅう外国へ行けて、いい職業ですね、と言いたいところだが。かなりの酒を飲んでしまいますよ……」

「ええ、ぶじに飛行を終えると、緊張がゆるんで、ぐったり。かなりの酒を飲んでしまいますよ……」

インド人の乗客には、手を焼くとのこと。エア・インディアという航空会社があるのだが、社員、乗務員は英語のできる上流階級の者ばかり。そして、カースト制のため、それ以下の階層の人たちには、サービスしてはならないことになっている。乗るのを拒絶してしまうのだそうだ。

その連中が、日航機に乗ってくる。彼らは体質的に航空機に酔いやすいらしく、吐く人が多く、言葉が通じず、どうにも扱いに困ってしまうそうだ。同情にたえない。

これは一例であろう。かっこよさそうな職業、必ずしも楽ではないのだ。作家と同様にと書くと、我田引水となるか。

約七時間半の飛行で、バンコックへ到着。同行の日通航空の添乗員の青年に、それぞれパスポートを渡し、手続きも税関検査もなく、さっと出られた。パック旅行のよさである。ひとりひとり、かおり高い花のレイを首にかけられ、女性たちは喜んでいた。

貸切りバスへ乗って、市内のシーフード・レストランへ。エビだの、カニだのが、むやみとでてくる。そのカニが、いやに食べにくい。あとで聞くところによると、ここの食事、あまり好評ではなかった。

本場のタイ料理なのだろうが、団体の場合、少しは日本人むけにくふうをこらすべきではなかろうか。いずれは、そうなるであろうが。

私は持参のポラロイド・カメラで、そばの席の女性たちをとってあげた。なかなか好評である。今回の私の役目は、サービスもそのひとつ。出発前に思いついて買ってきたのだ。数分で、できあがる。コダック社のインスタント・カメラも同様の性能だが、こっちは重くて旅行用にはむかない。

食後、プレジデント・ホテルへ着く。添乗員から各人に部屋のキーが渡される。

「荷物は部屋の前にとどいています。あしたは、六時十五分にモーニング・コールをかけます。荷物はカギをかけて外へ出し、朝食をすませて、七時十五分にロビーに集合してください」

「ドアのカギは、しめれば自動的にかかるんじゃありませんか」

われながら愚問だったが、うかつな人への注意にはなったはずである。添乗員はつけ加えた。

「カバンのカギのことですよ」

9月14日

「ある朝めざめたら、あこがれの地に……」

最近やらなくなったが、ジャルパックのこのTVコマーシャルは、ちょっとした傑作だと思う。もっとも、私の場合、そうぴったりとはいかなかった。ふと目ざめたら、まだまっくら。時差だの、昼型の生活への切り替えだのがあり、そんなことになってしまったのだ。就眠剤を口にし、ウイスキーを水で割って飲み、ふたたび眠りにつく。

モーニング・コールの電話で、もうろうとした気分で起きあがる。本当はもう少し早く起きるつもりでいた。そのための目ざまし時計も持ってきたのだが、なんと、ベルの鳴るボタンを押し忘れていた。さあ、大変、五十分で出発である。

そもそも私は、起きてから朝食まで一時間、食事に三十分を必要とする。そこで、シャワーをあび、ひげをそり、歯をみがき、カフェインの錠剤をひとつ飲み、それで終り。食事ぬきで、なんとかロビーの集合時刻にまにあう。減量のためのダイエットをやって以来、空腹をなんとも思わなくなっている。

部屋のカギを渡して、バスへ乗る。チェック・インだの、チェック・アウトだの手続きは一切いらない。旅をするのなら、パック旅行に限る。しかし、朝食の時間がとれたにしろ、食後に歯をみがくことができず、唯一の欠点である。それだけ早く起きればいいのだろうが。

バスは市の西北へとむかう。水上マーケットの見物のためである。前回にも訪れているが、けっこう遠いのだ。ガイドの日本女性が説明をする。その内容まで書いてしまえば、これから出かける人の興をそぐから、省略する。

見わたす限りの平原。稲が育っており、ところどころにココナッツ、マンゴーの林。広大そのもので、のんびりした気分。

日本人がせかせかしているのは、凹凸の多い土地に住んでいるせいではなかろうか。坂があると、まず、これを一息にのぼってからと考えてしまう。このへんの人たちは、坂なるものを知らないまま、一生をすごすのが多いのではなかろうか。

あちこちに、家屋が点在している。庭の一隅に、色あざやかな小さな祠《ほこら》が祭ってある。大地の精霊への感謝のため、それにジャスミンの花をささげる習慣だそうだ。

水分が豊富、陽光は一年中ふりそそぐ、植物はいくらでも育つ。飲料水は雨水をためて使う。太陽エネルギーの完全なる利用である。高温のため、衣服も簡単でいい。衣食住に関しては、恵まれた地帯である。

「なにか質問は……」

とガイド。私は聞いた。

「料理の時の燃料はどうしていますか」

このところ私は、調理用燃料の問題に関心を持っているのだ。インドからアフリカへかけての砂漠の増大傾向は、燃料として木材を使うのが原因である。ここは多湿地帯で木は多いが、よく燃えるのだろうか。

「木炭を使っています」

「このへんで作っているのですか」

「北部の山岳地方から持ってきます」

そういうしかけか。人が死ぬと火葬で、それにはマキと石油を使うという。こうだだっ広い国土だと、水力発電の量もしれている。発電は火力が多いという。しかし、日本のようなオイル・ショックはなかったという。理由を聞きそこなったのが残念だ。この国の交通はほとんどが自動車であり、石油への依存度は高いはずなのだ。

このような国こそ、太陽熱を電力に変える装置が有効なはずである。おそらく、いずれはそうなることだろう。また、レンズか鏡の集光器をナベと組み合わせた調理器具を作り、木炭はその補助に使ったら面白いのではないか。しかし、私はエネルギー問題の専門家ではない。考えるのは、ほどほどにしておく。

やがて、乗り場に到着。きわめて細長いモーターボートに分乗し、せまい運河をゆく。両側には家々が点在。家を水中で支えている柱は、チーク材。水につかるほど丈夫になるという。なるほど。

だれかが指さして言った。

「あ、炭を売ってますよ」

湿地帯と炭とは、なんとなく妙な対照である。食料品、おもに果実だが、それをつんだ舟が行きかう。なかには、ブタを小さな竹カゴに押し込み、山づみにした舟もある。

舟がとまり、一軒の家へあがる。前回は運河ぞいに店が並んでいたのに、今回は場所がちがうのか、名店街のように一ヵ所にまとめられている。商店街がなくなり、ワンフロアのデパートが出現といった感じである。このほうが、団体観光客を扱いやすいことはたしかだ。

一行の女性たちは、なにやら民芸品を買っている。私は小さな絵をひとつ買った。言い値そのままである。すると、すぐ、

「もう一枚買えば、半額にする」

東南アジアでひとつだけ私の好みに合わないのは、値引きの交渉である。いい絵とみとめ、

手描きの苦労を考え、安いと思えばこそ買ったのだ。ダンピングしたって、それ以上は買ってやるものか。わが家の壁面は有限なんだ。だれかへのおみやげ用としても、絵だと、もらってありがた迷惑ということもある。

そもそも不当な価格表示は、悪ではないのか。私はことあるたびに東南アジアに目をむけよと話題にしているが、現地で日本人はいいカモとばかり、高い値で売りつけていては、水をぶっかけられる形である。こういう考え方は古いのか、新しいのか。

水上マーケット観光を終り、バスで道を戻り、ローズ・ガーデンへ。川のふちにある公園である。映画「エマニエル夫人」の撮影の舞台となったという建物もある。もっとも、このたぐいの映画は、この国では見られない。

ポルノ解禁の是非は私にはわからぬが、文化人が「世界の大勢だから」と言うのには、欧米人だけを世界と呼んでいる感じがし、反発したくなる。

このガーデンは、芝生がきれいで、日光も明るく、花も多く、いいところである。わがポラロイドも、かなり活躍。しかし、世界のフィルム販売網はコダックが支配しており、新興のポラロイドのフィルムは、売っていない。あとでやっと入手するが、関税一〇〇パーセントで、わが国の倍以上である。羽田でもっと買っておけばと、後悔した。

前にも書いたが、コダックのカメラは重いのだ。特許のポラロイドか、販売網のコダックか。この争いは見ものである。

川ぞいのレストランで昼食。ゆるやかな流れを見ていると、気が休まる。そのあと、パタヤ・ビーチへと出発。パタヤはバンコックの東南にある。斎藤伯好氏がつぶやく。

「水上マーケットと方角が逆だ。それだけ余計に移動しなければならない。パタヤとのあいだに水上マーケットを作ればいいのに」

「そうなると、ローズ・ガーデンが見られなくなるわけですよ」

と私は言ったが、まさに、タイの観光には矛盾があるのだ。観光用の水上マーケットは、もとはバンコックの市内にあった。しかし、都市化が進み、観光用にふさわしくなくなった。そこで北西の方角に新しい水上マーケットを作り、ローズ・ガーデンを含めたルートを開発した。タイ特有の田園風景も見物できる。

一方、東南のパタヤの海岸が、あるフランス人の意見でリゾート地となり、ホテルがつぎつぎとできはじめたのも、そう古いことではない。

「日本に行ったら、京都と三陸《さんりく》海岸はぜひ見物しなさい」

と言われて東京へやってきた外国人のようなものなのだ。まあ、仕方あるまい。しかし、バイパスがないため、バンコックへ戻り通過する形になり、市内は慢性的な交通渋滞である。

このあいだテレビを見ていたら、東南アジアからの日本への留学生たちが出演していた。日本の印象はと聞かれ、口々に「東京の地下鉄はすばらしい」と答え、司会者はどう進めたものかと、とまどっていた。

東南アジアの大都市は、大量輸送の交通機関がなく、自動車がふえる一方。いまのところ、打開策がないのである。そして、湿地帯となると、地下鉄も作れない。彼らにとっては、うらやましくてならないものだろう。

なんとかバンコックを抜けると、ふたたび田園の光景。稲作の田、ヤシの木、運河。広大さの体験ということは、日本にいてはできない。貴重なる退屈である。

バスの前の席の女の子が、本を読んでいる。のぞいてみたら、私の作品だった。ありがたいと同時に、いささか照れくさく、ショルダー・バッグからウイスキーを出して飲み、その酔いで少し眠る。

目ざめてまもなく、小さな町を通過した。いくつかのビルがあるが、大通りに面した道も、ビルのあいだの道も、人影がない。なんだか異様な印象を受けた。

タイには地震や台風がなく、鉄で骨組みを作り、レンガをはりつければ、ビルは簡単にできる。そんなふうに建築し、草の葉でふいた家の住人たちを収容すれば、生活の近代化がなされるわけである。その時間、人びとは働きに出かけていたのだろう。

しかし、人がまったく歩いていない町を見たのは、はじめてだ。ブラッドベリの「華氏四五一」という映画を思い出した。無人の町でない証拠は、屋上に乱立するテレビアンテナである。こんな光景を見ることができるとはねえ。

やがて、山が見えてきた。車は坂道にかかる。坂がかくもなつかしいものとは。SEAPCENTREから同行の、この地で生活したことのある氷見さんが言う。

「タイの運転手は、坂道になれていませんから、危険ですよ」

坂はそれほど珍しいのだ。小さな峠を越えると、海が広がり、沖には島があり、悪くない眺めてである。

アジア・ホテルに到着。庭には大きなプールがあり、新築のせいもあって、なかなか感じがいい。

しかし、日本のホテルにくらべ、どこかちがう。重厚さがないのだ。つまり、日本のビルは完全な耐震建築なのである。私たちがいかに地震に対し、余分な投資を強いられているか、この点に同情してくれる外国が、もっとあっていいはずだ。

日本人自身も、その点を忘れている。住居費が高いの、公共投資が少いのというが、地震のおそれさえなければ、それらの不満はとっくの昔に解消している。現実は、そういう気の毒な状態の国なのだ。

日系企業がタイへ工場を作りたがるのも、ここに原因のひとつがあるのではなかろうか。地震が決して起らないということは、すばらしい立地条件である。

やがて日がかくれ、プールサイドでの食事となる。ビュッフェ型式なので、好きなものが選べ、みなはほっとしたようす。それにしても、ビールの高いのには驚いた。

これまでは高いと思いつつも、アメリカドル二枚でおつりがきたのに、ここでは三ドル出しても、まだ足りないという。ガイドの人にたしかめてもらうと、三ドルと三バーツ。一バーツは約十五円である。もっとも、タイ製のビールはアルコール度が高いが。

しからば、安い地酒があるかというと、それもないらしい。つまりは、この国の人たちはあまり酒を飲まず、酒は一種のぜいたく品なのだろう。

斎藤伯好氏が言う。

「ぼくの部屋にきませんか。豪華なホーム・バーがついてます」

行ってみると、これがなんと、広くすばらしい。SEAPCENTREの所長だけに、特別あつかいされている。斎藤さんが羽田で買ってきた免税の高級洋酒を飲む。

9月15日

朝食後、連絡船にて沖のコーラン島へ。途中、釣糸をたれる。私はぜんぜんだめだったが、二匹も釣った女性がいた。

あいにくの曇天。島へ着き、休憩所へ入ったとたん、大雨となる。そのため、一時間ほど空費。まったく残念である。晴天であれば、今回の旅行のハイライト、サンゴ礁など、かなり美しい眺めを満喫できたはずである。フィリピンのダバオもこんな感じだったと思い出した。

そのうち、曇天ではあるが、雨がやむ。女性たちは、けっこう楽しげに泳いでいる。私はおぼれるのを警戒して水に入らず、パラセーリングの見物。パラシュートとセーリングの合成語。パラシュートを身につけ、モーターボートに引かれて空へと浮き上る遊び。三十メートルほどの高さにふわりである。

出発前、銀座のバーで小林亜星《こばやしあせい》さんに会い、パタヤに行くと話したら、こう言われた。

「それだったら、パラセールをおやりなさい」

現在のところ、東洋ではここしかやっていないとのこと。体重が私の二倍の亜星さんにできるのなら、私にも可能なはずだ。しかし、SF仲間からの忠告もあった。

「星さん、万一けがでもしたら、ことですよ。やるなら、よほどの覚悟の上で……」

やめておいたほうが賢明というべきか。着地の時に足でもくじいたら、このあとなにかとやっかいである。

午後、ホテルへ戻る。昼食後は、完全な自由行動。私はホテルのプールで泳ぐ。曇ってはいるが、日光はそれをものともしない強烈さで、肌の焼けてくるのがわかる。旅行に出て、乗物にもゆられないのんびりした時間を、はじめて持てた。

泳いでいる女性たちもいるが、全員ではない。ゴルフ場へ行ったのもいるらしいし、部屋で眠った人もあったらしい。このホテルにはゴーゴー・バーがついていて、午前二時ごろまで踊りつづけた人も多かったとのこと。若い人は元気があっていい。

ホテルのそばの海岸でも、パラセーリングをやっている。あとで聞くところによれば、それを試みた女性たちもいたらしい。安全そのもので、宇宙遊泳のようなすばらしい印象だったという話だ。

惜しいことをした。機会があったら、次回こそ、やってみるつもりだ。そう永見さんに話したら、

「けがをしたら、みんなすぐに逃げてしまうんですよ」

つまりは、みな私に「としを考えなさい」と言いたいわけなのだろう。

夕方、街へ出て、ヨーロッパ人経営のレストラン「ドルフ・リクス」で食事。フランスパン

がびっくりするほどうまい。貝だののエビだののごった煮の料理も、味つけが西欧風のため、絶妙な味である。だれも満足したにちがいない。

私は簡単な講演をさせられる。必ずしも全員がSFファンとは限らないので、それは避けた。

前回の旅行で、タイの日本人会長の西野《にしの》順治郎《じゅんじろう》さんから、著書『日タイ四百年史』をいただいた。そのなかの、興味ある部分を紹介したのである。

タイというと私たちは山田《やまだ》長政《ながまさ》をまず思い浮かべるが、この国では、あまり好評の人ではない。タイの国民性として、外国人が居住し、商売するのは歓迎するが、政治に関係されるのは極度にきらう。

たまたま国王が死に、王位に弟がつくか、王子がつくかの派閥争いが起った。年長の弟がまず王位につき、そのあとに王子というのが慣習なのだが、長政は武勇の人であり、長子相続という日本的感覚を持っていたため、それに巻きこまれ、深入りしすぎ、四十歳の若さで毒殺と思われる最期をとげたのである。

第一次大戦でタイが連合国側について参戦し、フランス戦線に加わったことを知っている人は少ない。それによって、長いあいだの悲願であった不平等条約改正を実現できた。

そのご、日本が満州《まんしゆう》問題で国際連盟の反感を買い、脱退することになるが、その時、タイだけは日本に好意的な棄権投票をしてくれた。私のような世代の者は、いまだに記憶に残っている。

第二次大戦の時の首相がピブン。これも私にとっては、なつかしい名である。少年時代に新聞でよくその名に接した。日本の米英との開戦によって、タイは日本軍の駐留をみとめざるをえなかった。

日本の初期の戦果を見て、タイは日本側につくのが有利と判断し、日タイ同盟の成立となる。しかし、賢明なことに、日独伊の三国同盟には参加しないですませたのである。

そのうち形勢は日本に不利となる。東条《とうじょう》首相はタイを訪れ、東京で大東亜《だいとうあ》会議を開催することになる。ピブン首相はそれへの出席をいやがり、かわりにワンワイタヤコーン殿下を派遣した。

当時の日本は皇族を首相以上と思っていたので、大歓迎。まさに、うまくごまかせたといえる。そのうち、ピブンは首相をやめる。インフレによって人心が離れており、日本軍も消極的な協力ぶりに不満だったのである。

そして出現したのが、アバイオン新内閣。これがきわどいことをやってのけた。すなわち、表面的には日本軍と協力し、裏面では外国在住のタイ人を組織し「自由タイ」という対日抵抗運動を促進したのである。

「自由タイ」のメンバーは、連合軍と連絡をとりながら、飛行機からパラシュートで降下して帰国する。警察は見て見ぬふり。それどころか、日本軍に尋問されたら「ひたすら故郷に帰りたかったので、連合軍をだましてこうしたのです」と答えるよう指示する。

この「自由タイ」の秘密通報で、連合軍の爆撃も日本軍基地にのみ限られた。とくにアメリカとは連絡がよくとれていた。

そして、日本の敗戦と同時に「タイの米英への宣戦は強制されたものであって、さかのぼって無効とする」と宣言し、アメリカはそれをみとめた。

駐米公使で在外の「自由タイ」の首班であった人が新内閣を作る。かくしてタイは、連合軍の敵国あつかいをまぬがれ、在外資産も没収されなかった。

また、戦争犯罪人を裁判にかけるよう要求されたが、自国の手でやりたいとの了解を求め、それはみとめられた。やがて、そういうことは憲法違反であると、裁判をおこなわずにすませてしまう。

このようにして、タイは戦禍に巻きこまれることなく、戦争による死者もほとんどなく、日本の軍政下におかれることもなかった。これらの動きを知ると、ただただ感心させられる。損害といえば、日本に軍費を貸したことによるインフレ。その賠償は池田《いけだ》勇人《はやと》首相訪タイの時に解決。その結果として、日本企業の進出となったわけである。

タイ人は愛国心と平和愛好の二つの性格を兼ねそなえ、現実にそれをやってのける才能を持っているのである。

といったようなことを話した。夜またも、斎藤伯好氏の部屋で飲む。とつぜん、窓のそとから「星さん」と呼ばれたような気がして驚いたが、なんと鳥の声とのこと。妙なのがいるものだ。

## 9月16日

またも朝はやく起こされる。朝食をとる時間もあった。ここのウエイトレスは、ローラースケートで走りまわっており、ひとつの看板となっていた。

バスでバンコックへむかう。途中、ちょっと停車し、市場を見物。竹の筒のなかにモチ米とココナッツを入れて蒸して作った菓子、タオランなるものを食べた。ほどよく甘く、いい味だった。

道ばたに象の親子がいた。タイに来ているのだなと、あらためて実感する。

ガイドの提案で、みな一曲ずつ歌うことになった。いまの若い人たちは、すばらしくうまい。昔はこれを最も苦手としたものだが、いまや私も「ギターを持った渡り鳥」なら、なんとか歌えるようになっている。いいメロディーなのだが、あとになって考えるに、あまり女性ごのみの歌ではなかったのでは。

ついでに、簡単な講演も、となった。

「かつて随筆にも書きましたが、旅というものは出発前の期待と、帰ってからの追憶だけが本物で、旅そのものは夢みたいなものです。暑いだの、起きるのがつらかっただの、いやなことは、すぐに忘れてしまいます」

これは私の持論でもある。

「人生も同様かもしれません。SF作家は、そこでテーマを見つけたと思う。わたしも書店で『私は前世を見た』というのと『かいまみた死後の世界』という本を買い、旅行中に読もうと持ってきました……」

小説づくりの一例の紹介である。事実、その二冊は持ってきたのだが、旅行中はとても読む気にならない。

それから、ソ連旅行の時の印象を話した。ちょうど二年前のことである。

「旅に出ると、いつも便秘になります。今回は毒掃丸《どくそうがん》を持ってきたので、調子がいい。家にいる時は、慢性的な下痢です。そういう作家は、かなり多い。つまり、けっこう神経を使う作業なのです」

ガイドの人が、それにはパパイヤを食べるといいと教えてくれた。

もちろん、みなさん美人ぞろいとの言葉も忘れない。いや、おせじでなく、事実その通りなのだから、ふしぎである。この全員をホステスにして銀座でバーを開いたら、繁盛まちがいなしだ。全国からアトランダムにこの年代の女性を集めたら、こうはならないと思う。バンコックへ行こうと考える女性には、美人が多いということか。夢のような気分である。旅が終れば別れ別れになるので、そう見えるのだろうか。

かわってガイドの説明。

「午後は買物へご案内しますが、大いに値切って下さい。半分以下になります。ここでは値切るのが習慣です。火事で消防車を呼ぶ時も、まず値段の交渉です。じゃあ、それぐらいで出動するかとなった時には、焼けたあとだったりして……」

本当かね。私の好まぬ事態だが、そういうものだとすれば、企業の進出にともなって、金銭的なスキャンダルも発生するわけだ。リベートも出さざるをえない。そんな現象に日本的な道徳律をあてはめ、批難するとなると、相手国の実情を無視したことにならないのか。

日本料理店で昼食。そのあと、王宮とエメラルド寺院の観光。これはくわしく説明してもしようがない。百聞は一見にしかずである。

空はすばらしいブルー。まっ白な雲のあいだから強烈な日ざしがふりそそぎ、地上のさまざまな形の巨大な寺院は、光に照りはえている。これぞ、バンコック。

タイは小乗仏教の国で、信仰心があつい。日本は大乗仏教というものの、どれほどの人がお寺へ熱心に参拝しているか。この大小の区別は、なっとくがゆかない。

ショッピングは、まず貴金属宝石店。一行の女性たちは、指輪だのイヤリングだのを求め、店内に散る。壮観である。なかには電卓持参の人もいた。私も次に外国へ行く時は、そうしよう。換算がやっかいで、ついドルで払ってしまう。

つぎに、タイ・シルクの店。ここは値切れないとのこと。私はクッション・カバーを四枚買っただけ。私は外国では、民芸品しか買わない。思い出を買うのである。高価なものだったら、東京のほうが信用できるのではなかろうか。

七時、また、プレジデント・ホテルに入る。本来ならこれから古典舞踊を見ながらの夕食なのだが、私は前回に見ている。欠席させてもらうことにした。

前回にもお会いしたJETRO（日本貿易振興会）の古関さんと会うためである。官僚なのに優秀な人で、いや、優秀なので官僚なのか、それでいて官僚的でなく、タイ語も話せる。

従業員の賃上げ要求がストに発展し、日本の新聞にも記事となってのった。私もちょっと心配していたのである。しかし、それは解決したとのこと。

「日本の新聞にのったとたん、早く解決するようにとの指示がきましてねえ。いつもは、顔を日本にむけるな、現地の流儀でことを運べと言っておきながらねえ」

斎藤伯好氏とともに案内されたのが、「ニックスNo.1」という幽霊レストラン。

約二百年前、不倫の疑いをかけられて殺された、年わかい女性の幽霊が出現するのである。その家をハンガリー人が買いとって、それを客寄せにレストランにしたのだ。うす暗く、西欧風に改装されているために、エキゾチックなムードがある。

メニューを開くと「幽霊にご注意」と、いわれを書いた英文の印刷物がはさんである。

「ですから、かわいらしい幽霊を見ても、さわがないで下さい。彼女はさびしがっているのです」

とも書いてある。鹿肉のステーキをすすめられ、それを食べた。予想外にやわらかく、おいしかった。限られた数だけ、捕獲を許されているとのこと。

古閑さんは読書家で、かたい本もまざるが、おもに小説を単行本で月二十冊は読むという。うち五冊は英語版。驚くべきもので、評論家だって、そんなには読んでいまい。

「ベトナムやカンボジャがああなって、タイの人はどう感じているんでしょう」

「なんとも思っていないようですよ」

東南アジアで欧米の植民地にならなかった唯一の国。第二次大戦も巧みに切り抜けた。いかなる変化にも対応できる自信があるのだろう。

店を出る時、斎藤氏が言った。

「食卓で子供が勉強してるよ」

私たちの入った反対の部屋で、子供が背をこちらにむけ、客用の食卓にむかってなにかしていた。

そとへ出て、あらためて建物を見ると、すっかりツタにおおわれていた。いかにも幽霊が出そうな感じもする。ひょっとしたら、あの子供がそうだったのかなという気にもなった。

ナイトクラブをちょっとのぞく。時間が早いせいか、すいている。女性よりどりみどりの部屋をのぞきませんかと言われ、奥へ行く。ミラーガラスの仕切りがあって、女が三十人ほどいる。胸の番号で指名すれば、あとは値段の交渉しだいとのこと。どれも厚化粧で、いささかうんざり。へたな化粧などしないほうが、タイ女性は美しいのに。

いつかテレビで見た、タイの幼児輸出を扱ったドキュメント番組のことを思い出した。スエーデンからの養子の需要に応じ、タイの貧しい農村では、生活に困ると、子供を売るのである。そのあっせんを商売としている組織があるらしいのだ。

人種的な偏見がなく、社会保障の完備の国では、ペットがわりに養子を買うのだろう。なんとなくSF的な話だ。やがて、スエーデンはタイ民族の国になってしまうのではなかろうか。

十時にホテルに戻る。ロビーの一部のバーの椅子に腰かけ、やってきた添乗員の青年に言った。

「話し相手がなくてつまらながっている一行の女性がいたら、ここへ呼んできませんか」

「ぼくがそうですよ」

と、いっしょに酒を飲みはじめる。この青年、なかなか愉快なやつで、王宮見物の時など、

「建物の壁がはがれたらどうすると思いますか。すぐオーキュー処理をするんですよ」

などと、ジョークを連発しつづけ。

「あなたの会社でくれたカバンにつける荷札。Mr. Mrs. はいいが Miss にもコンマがついている。まちがいだろう」

「それがミスというものでして」

とくる。たまにはやりこめようと、

「あ、パスポートなくした」

と言ってみたが、ききめはない。彼は以前に「パスポートをお持ちでしょうね」とお客に呼びかけ、みなを青ざめさせたことがあるそうだ。全員のを彼があずかっているのである。悪ふざけも度が過ぎましたね、などと笑っている。

女性たちは、みな地下のゴーゴー・バーに行っているらしい。エレキの音が響きわたり、ライトが輝き、ミラーボールがまわり、私など五分といられない。そのお相手ができなくて、まことに申しわけないしだいだ。

しかし、欧米人の観光客も多く、異国情緒あふれる最後の夜を、みな楽しんでいるようである。

# 9月17日

朝は八時に起床。やっとゆっくり眠れたら、もはや帰国である。

バスで空港へ。ポケットをさがすと、三十バーツが残っている。約四百五十円。売店でこれで買えるものはないかと言うと、

「そこのキー・ホールダー」

小さな拳銃《けんじゅう》のついているのがあった。意外によくできていて、引金を引くと、バネでパチンと音がする。ちょっと面白いので、それを買った。

時間が少しおくれたが、ロンドン発の南まわりの日航ジャンボに乗り込む。完全に満席。これは一時間ほどで香港に着陸するので、映画はやらない。

香港空港ではどういうわけか、待合室に入る前に所持品の検査をやるのである。その時、若い女子職員に、私は呼びとめられた。

「ちょっと、ちょっと」

日本語である。キー・ホールダーの拳銃が問題だというわけだ。見ればわかる通り、あきらかにオモチャで、弾丸のこめようがない。そもそも、となりのバンコックの空港、待合室の売店で売っている品だ。これでハイジャックできるわけがない。ばかばかしい。

「羽田の税関でとがめられます」

とも言っているらしい。よけいなおせわだ。これが凶器かどうかは、羽田の係員が判定する

ことだ。

「あなたに、あげます」

と私はそこを離れた。ライターと万年筆を買う予定でいたのである。例の添乗員が残っていて、東京まで別送するということで話がきまったらしい。三十パーツの品で、つまらぬ手数をかけてしまった。

もっとも、ハイジャック防止には、それぐらいまで神経を使うべきかもしれない。この話には、おまけがつく。帰ってしばらくし、キー・ホールダーが郵送されてきた。羽田もオモチャとみとめたらしい。あらためて調べたら MADE IN HONGKONG と記してあった。どうなってるんだ。

やっと、羽田着。税関であいさつしあって、なんということなしに解散。まさしく、一期一会である。盛岡からの女性、これから列車で帰るの、大変だろうな。名古屋《なごや》から参加した人たちもいた。

タイのガイドの人たち、きょうもあれこれ説明していることだろう。旅行中は暑さにうんざりもしたが、いまはあの強い陽光がなつかしい。（「SFマガジン」昭和53年2月号）

〈追記〉東南アジアはすっかり好きになったが、買い物の時にとんでもない値をつけられるのだけは、どうにも困る。つまり、それだけ私は単純な人間なのだろう。

しかし、この件に関し、古閑さんから、あまり立腹しないようにとの内容のお手紙をいただいた。なるほどという部分もあり、ここに要約、紹介することにする。

東南アジアにおいては、値引交渉を売手、買手の双方が楽しんでいる。ほかに娯楽がないからともいえそうだ。

＊

また、収入の多い人には高く払わせるようなしくみになっている。薬にしろ、タクシーにしろ、それは多くの品目に及んでいる。日本でも、江戸時代の医者はそうであった。

社会保障が制度として存在していないので、このような習慣が成立している。金持ちは、高く払わされても当然と思っているらしい。

もちろん、会社更生法という制度もないが、倒産状態の店に対しては、債権者たちが取り立てを待ってやり、再建を助けている。

＊

こういう説明を受けると、そういうものかなと考えさせられる。制度や法なしで社会がうまくいっておれば、好ましいことだ。

私の「定価制度は世界の大勢」という感覚は、アジアを無視したものかもしれない。

同行の女性たちのなかには、みやげ物店で値切るのを楽しんだ人も多かったようだ。もっとも、あとで指輪について、

「二十四金だなんて言っときながら、買ってから調べたら、十四金だったわ」

と不平をこぼした人もいたそうである。二十四金は純金のことで、やわらかすぎて細工ので

きるわけがない。そう称したほうもひどいが、信じたほうも勉強不足だ。

聞くところによると、観光局の直営で、値引きをしない適正価格の店を作ったが、営業成績はよくなく、廃止になったとのこと。値切るのを好きな日本人も多いのだろう。国内ではあまりやれないことだし。金持ちと思われ、高く買わされているにちがいないのだが。

こうなると、私ひとりがいかに主張しても、どうにもならない。

「星さんのような、つきまとうみやげ売りアレルギー、かけ値ぎらいじゃ、インド以西のバクシーシの国には行けませんよ」

と、ある人に言われた。品物のかけ値ならともかく、なんにもなしで「金をくれ」と要求されたら、私はたぶん反発するだろう。だから、インドに行く気はない。

＊

文中に出てきた雑誌「エニグマ」も「アミカ」も現在は休刊。一期一会か。社会の変化のせいもあろうが、さびしいことだ。

——昭和53年7月

# 香港再発見

1978年

## 1　香港島

なにをいまさら香港か。そんな時代といえそうである。年に五十万人ぐらいも、日本から旅行者が出かけている。私だって訪れるのは、今回で五度目。もっとも、これまではすべて、なにかのついでに寄ったのだ。

それでは、香港についてどれくらい知っているかとなると、答えにつまる人が多いのではないだろうか。夜景、旧漢字ばかりの看板、マカオのギャンブル、ショッピング、中国料理。そういったものが頭に浮かぶだけである。

十一月の末、小松左京、真鍋博《まなべひろし》、和田誠《わだまこと》、それと私の四人で、四泊五日の日程で出かけた。香港観光局が、多くの便宜をはかってくれるのだ。じっくり見てやろうという気になった。

「マカオへ寄れますか」

出発前に東京支社の人に聞くと、

「あそこは香港ではありません。お行きになるのなら、手配をしますが」

そういえばそうだ。香港への団体旅行となると、ここまで来たのだからと、マカオまでまわる。それをやると、どうしても一日がつぶれてしまう。そのため、ただでさえ短い日程なので、上っつらを眺めただけの旅行になってしまうのだ。

マカオにはエキゾチックなムードがあるが、それはほかでも味わえる。ギャンブルも一回やれば、どこも同じ。それを除外しただけでも、かなり充実したスケジュールになる。

宿泊は九竜半島側のペニンシュラ・ホテル。歴史の古い由緒ある建物で、大英帝国《だいえいていこく》のさかんだった時代をしのばせるものがある。部屋の広さにも、びっくり。ぜいたくそのものである。これは、だれでもそう考えるらしく、やがてとりこわされ、近代的な高層ホテルとなるとのこと。惜しい気もするが、やむをえまい。東京の帝国《ていこく》ホテルだって、改築されてしまったのだ。

一夜あけて、まことにいい天気。暑からず寒からず、きょうは香港島一周の観光である。フェリーでむこうへ渡る。両側に、モダンなデザインの高層ビルがずらりである。都市の再開発が、急速に進んでいる。経済成長を実感させられる。

まず案内されたのが、タイガー・バウム。万金油という薬で財をなした人の作ったもの。庭園とも公園とも呼びにくい。なにしろ、急斜面の崖《がけ》に、極彩色の人物や動物の置物をところせましと並べたしろものなのだ。旅行者はまずここを見物することになる。

「俗悪なものだな」

たいていの人はそう言う。私も二回ほど来ているが、感嘆という気分にはなれなかった。しかし、今回の仲間は、なみの、人たちとセンスがちがうのだ。

「こりゃあ、すごい、ディズニー・ランドの先駆的存在だ」

「服を着たウサギがいるぞ。雑誌のプレイボーイのシンボルマークも、ここからヒントを得たのじゃないかな」

「はだかの女たちもいるぞ」

みな口々に言う。私に再評価させた原因はいろいろある。まずは、ゆっくりと時間をかけて見物できたことだ。普通の団体旅行だと、そうはいかない。

「あまり遠くへ行かないで下さい。貴重品をひったくられないよう、気をつけて」

などとガイドに言われては、見物に気分を集中できないではないか。ひったくりに注意とは、お客たちの統制をとるための文句のようである。

香港の治安は格段によくなったというのが、この旅行での感想であった。警戒心のおきたことは、一回もなかった。裏通りへ入ればどうかは知らないが。

それと、つきまとう物売りのいなくなったこと。繁栄の結果か。いいことである。

ここの置物、いくつか見ただけでは俗悪なのだが、何十、何百となってくると、異様な気分にさせられるのである。これを作った人の心境を想像したくなってくる。

「夢を見るたびに、それを形にして作らせていったのじゃないかな」

「トモさんが生きてたらなあ」

トモさんとは大伴昌司《おおともしょうじ》。怪獣ブームという一時代を作り上げ、若くして死んだSF仲間である。日本にも怪獣館ぐらい、あってもいい。

くわしい説明は無意味。百聞は一見にしかずである。とにかく、日本人の感覚にないものであ

構成された、別世界なのだ。

　それらのすぐそばに、学校だの住宅だのの高層ビルが建設中である。タイでも感じたことだが、まったく地震のない国というのはうらやましい限りだ。

　そこを出発。われわれの乗ったマイクロバスは、山を越えて、島の南側へとまわる。なお、漫画家の滝谷《たきや》節雄《せつお》さんも同乗している。ホテルはちがうが、きょうの観光はいっしょなのである。

　たちまち、あの超過密地域がうそのように、緑の景色が展開する。中国人は、密集して住むのが好きなのだろうか。それとも、総督の開発方針なのだろうか。

　とにかく、のんびりした眺め、ひろびろしたゴルフ場がある。滝谷さんは滞在中、もっぱらゴルフを楽しむのだそうだ。香港でのしゃれた遊び方というべきか。

　やがて、海岸。海水浴場だが、いまはシーズン・オフ。静かな砂浜である。

　私たちは時計の針と同じ回り方で、島を一巡しているのである。スタンリー・ビレッジという地に着く。食料品を売る庶民的な露天の市場と、新築平屋の商店街から成る小さな町である。

　そこに一軒の画廊のあったのには驚いた。かなり前衛的な絵もある。あきらかに欧米人相手である。欧米人は休暇となるとまとめてとり、こんなところに腰をすえてすごすのだろう。せっかちな日本人には想像もつかない。

　車は山の中腹の道を走る。人家はあまりなく、緑の半島につつまれた静かな入江。写真をとりたくなり、車をとめてもらう。

あとで、真鍋さんに書かれたが、この時に私は、
「将来、ここに軍を上陸させる時の、作戦資料にするためにね」
と言ったらしい。SF作家はめちゃくちゃな放言をするよう、他人に期待されているのだ。もっとも、そこの海はレパルス湾であり、レパルスとは第二次大戦の時に日本の空軍がマレー沖海戦で撃沈した英国の戦艦の名でもある。そんなところからの連想なのだが、世代のちがう者が聞いたらびっくりするだろう。

レパルス・ベイ・ホテルにて昼食。古風で上品で、ムードのあるホテルである。ここは観光ルートに入っており、訪れるのは三度目。近くに高層ビルのホテルがいくつもたちはじめ、だいぶ景色が変ってきた。しかし、テラスの椅子にかけ、ビールを飲みながら海を眺めていれば、異国情緒にひたったひとときをすごせる。ここは花の多いのもいい。

そのあと、海洋公園。イルカのショーがあり、水族館があり、大規模な遊園地である。いつのまにこんなのが出来たのか知らなかった。類似のものは日本にもあるそうだが、私はこういう機会でもないと、見物しなかったろう。けっこう面白かった。
「それにしても、あのイルカたち、広東語《カントン》の指示を聞きわけているんだぜ。その点においては、われわれ以上じゃないか」

健全そのものの一画。休日にはかなりの人でにぎわうとのこと。わざわざ立ち寄るようにとはおすすめしないが、香港の人たちへのある種の先入観を打ち消し、大部分の人は本質的に明るく健全であることを知る上で、いい見聞だった。

ここに限らず、道には紙くず吸がらなどが見られない。「クリーン・ホンコン」のキャンペーンで、物を捨てると罰金なのだ。

島をひとめぐりした形になり、にぎやかなビクトリア市へと戻る。観光局のガイドの人が、キャット・ストリートへ案内してくれた。古道具、骨董《こっとう》店の多い通りである。ミシンの部品だの、切れた豆電球まで売っている。どういうやつが買うのだろうか。そういう私だって、オランダのノミの市で古い鍵《かぎ》をいくつも買ったりしているのだ。豆電球のコレクターだっているだろう。

古い香港のおもかげの残る通りである。そこの一軒で古風なシガレット・ケースをみかけ、面白いなと値段を聞いたが、買うのはやめてしまった。いま考えると、残念な気もする。ああいうものは、日本ではめったに手に入らない。

ホテルへ戻って、ひと休み。夕食のため、ふたたび香港島へ。タクシーへの行列が長く、二階式の電車に乗る。なかなか楽しい。これは貸し切りもできるそうで、それなら、日本人の団体旅行にこれを利用すれば、みな喜ぶのではなかろうか。

フード・ストリートには、安くてうまい料理店が並んでいる。雑然としたところを予想する人もあるだろうが、みな新築で、明るい。新しい名所である。

京香楼という店に入る。ペキン・ダックはもともと好物なので満足したが、干焼二松という珍味には感激した。魚、パセリ、ホウレンソウをさっと油であげたものである。これだけでも来たかいがあった。

ガイドの人をおそくまでつき合わせては悪いと、私たちはタクシーで帰ることにした。地下のトンネルを抜ける。これはなかなか豪華なもの。よくも掘ったと感心したら、巨大なチューブを十七本つなげて沈め、作り上げたのだそうである。

さて支払いとなると、メーター、プラス・トンネル通過料では不足だという。ホテルの玄関係がやってきて説明。香港島のタクシーで九竜側へ来ると、通過料の往復分を払わなければならないらしい。

部屋へ戻り、シャワーをあびて、寝酒にとウイスキーを飲みながらテレビのチャンネルを回す。アメリカ映画を広東語のフキカエでやっていた。これまた珍しい体験である。

（「いんなあとりっぷ」昭和53年5月号）

## 2　新界

かつて中国銀行のビルに「毛主席万歳」と大きく書かれていて、どぎついなあと思ったものだが、それにかわって「メリー・クリスマス」と英語の飾りがとりつけられている。大陸の政局安定は、香港の人心をもなごやかにしたようである。

二日目。私たちは九竜半島の北部、新界の見物に出かけた。二十年後に中国に返還されることになっている地区である。

高層ビル乱立の九竜との境の長いトンネルを抜けると、のんびりした新界であった。和田誠が近著『倫敦巴里《ロンドンパリ》』で「雪国」のパロディを各種やってのけたので、こんなスケジュールが加えられたのではなかろうか。

車で走ること一時間たらず、タイポーという小さな港町につく。ここの駅がまことにかわいらしく、ムードがある。中国にいたる鉄道で、その車両は英国製らしく、大きくクラシックな型で、貫録がある。真鍋博は記念にと乗車券を買っていた。

小型の遊覧船に乗ると、雨が降り出してきた。日本人の団体はあまり来ないところである。似たような景色は日本にもありそうだ。しかし、雨に煙る山々を眺めていると、やはり大陸的である。小松左京は「蘇州夜曲《そしゅうやきょく》」を口ずさんでいる。つまり、そんな気分にさせられるのだ。正確には入江なのだが、湖を回遊している感じである。

ふたたび車に乗り、少し戻ってシャティンという地にて昼食。ハトとトウフの料理が名物だとのこと。龍華というレストランに入る。入口のそば、金網のなかにさまざまな鳥が飼われていた。

「これが生《い》け簀《す》かなあ」

「それは魚の場合の言葉だ」

鳥ならなんと言うのか、だれも知らなかった。ほかのお客たちは、羽をむしられたハトの原型をとどめたやつを、丸ごとかじっている。ガイドの人の配慮か、私たちのところへ運ばれてきたのは、きざんだやつであった。けっこううまい。

食用ガエルならぬ食用バトで、特別な品種なのである。そう書いておかないと、浅草《あさくさ》の観音さまのハトをつかまえて食うやつが発生しかねない。

雨はやんだ。歩いて万仏寺へむかう。小規模な門前町といった細道があり、みやげ物だの、料理の材料だの、小さな店が並んでいる。混雑しておらず、観光地ずれしていず、いい感じだった。私は唐獅子《からじし》の置物を買った。

「ガラス製だっていうけど、じつはまがい物で、ヒスイ製かもしれないぜ」

寺は小高い丘にあり、そこから見おろすと、工場やアパートの建設が進んでいるのがわかる。二十年後にどうなるのか気になるが、現実主義者の中国人と英国人との問題である。なんとかなるのだろう。

真鍋さんは平均的香港人の住居見学を希望し、翌日にそれをすることになっている。

「どうだい。あのへんの一室を訪れて、あなたが平均的香港人に選ばれました。おめでとうございますと言ってみたら……」

現実にそれをやったら、さぞ驚くだろう。

和田さんはさかんに写真をとっている。出発の前日、ある雑誌に「和田さんは外国旅行にカメラを持っていかないんだ」と原稿を送った。しばらく会わずにいると、こういう手ちがいも起る。

帰りの車のなかで、ガイドの人が言う。

「観光についてのアドバイスは」

「香港って、意外に花が多いんですね。もっとふやしたらいいと思いますよ」

買物、水上レストラン、マカオのカジノとあわただしい観光をやると気づかないが、ゆっくり見物すると、けっこう花が多い。

前に東南アジアを回った時、期待していたほど花が見られなかった。気温に恵まれていながら、その観光資源としての価値に気づいていないらしいのだ。そこへゆくと香港は、冬の季節のある地方なのに、つとめて花を咲かせようとしている。

小松さんが言った。

「うん。ホンコン・フラワーのタネを買って帰って、まいてみるか」

「空港の検疫で取り上げられちゃうよ」

（「小説新潮」昭和53年3月号）

## 3 ランタオ島

香港での三日目。日程表を見ると、ランタオ島の観光となっている。いったい、どんなところなのか、ぜんぜん知らない。

地図を見ると、あったあった。そもそも、英領の香港は、九竜半島と二百以上もの島から成っている。香港島がそのひとつであることは、いうまでもない。そして、その西にさらに大きい島がある。それがランタオ島なのだ。

そんな島があったとはねえ。行ってみたいとあこがれたことさえなかった。それが今回、かかるいきさつで訪れることになったのである。なにごとも体験というべきか。

香港島からフェリーが出ている。わりと大きな船で、一等と二等とがある。上の階の一等に乗ったわけだが、エアコンがきいていて、なかなか快適。十一月の末とはいえ、直射日光はけっこう暑いのである。

本日は真鍋さんが別行動。日本人学校の見学を希望したため、そっちへ案内されたのだ。小松、和田、私。それに観光協会のガイドの斎藤玲子さん。彼女は香港の人と結婚していて、英語、広東語も上手だ。

左右に小さな島々が見える。ヤシの木でもはえていれば孤島漫画の舞台となるが、熱帯ではないせいか、見あたらない。ひとつぐらい植えた島を作ったら面白いのではないか。

ばかげた話をしているうちに船は進む。どんな話かおぼえていればいいのだが、なんにも思い出せない。なにか言っては「あはは」と笑っていた。少なくとも、おかしな話であったことはたしかだ。

「もったいないから、テープにとるか」

時おりそんな提案もあるのだが、なかなか実現しない。テープが回りはじめると、まず私が意識してかたくなり、話がはずまなくなってしまうのだ。といって、危険思想や不道徳に関するものでもない。

なにを話したかなあ。出発の前日あたりに、私はテレビでアメリカ映画を見た。

「ハンフリー・ボガートの主演の、あの、ほら……」

老化現象。私が思い出せずに苦しんでいると、映画にくわしい和田さんが教えてくれた。

「『マルタの鷹《たか》』でしょう」

なぜそんな話題になったかというと、香港の映画の広告に尚保羅貝蒙多とあるのを、和田さんがジャン＝ポール・ベルモンドと解読して、みなを驚かせたからである。

可口可楽がコカコラとは、多くの人が知っているし、その看板も多い。しかし、商品の広告となると圧倒的に日本の製品が多いのである。小松さんの指摘のように、工業製品の輸出国としては、日本はアメリカをはるかに追い抜いている。やがては、この香港に追いつかれるかもしれないが。

そういったぐあいに、話はあっちへ寄り、こっちへずれで、カモメが飛べば「あれも今夜の食事の料理にされちゃうんだろうな」となり、とりとめのないこと、おびただしい。しかし、そこが私たちの旅のいいところなのだ。つまり、ばか話とは、きっかけとなるものがなにかないとならない。

一時間ちょっとで、ランタオ島のシルバーマインという港につく。改札口といったところを抜けて上陸すると、売店もあまりなく、がらんとした広場。斎藤さんが車の手配をしてくれ、とにかくそれに乗る。

南へむかうと、両側は林。この南ランタオ道路というハイウエーは舗装もよく、車の数も多くない。いいドライブだ。やがて海岸が見えてきて、そこで一時停車。

「ここが長沙、チェンシャー・ビーチと呼びます」

海水浴には絶好と思われる浜辺である。しかし、ホテルらしきものも、ドライブインも、ぜんぜんない。ここをリゾートとして開発する予定ということらしい。将来、それが完成したら、かなりのものになるのではなかろうか。なんにもないのだから、ハワイやグアム以上のものに仕上げることだってできる。

さらに海岸ぞいに西へ進む。一群の建物があり、刑務所だとのこと。

「香港は過密で、刑務所を作る余地がなく、そのため犯罪が多いのだ」

などともっともらしい話を聞いたことがあるが、それはデマであるとわかる。麻薬患者も収容されているという。地形からみて、脱獄は容易でなさそうだ。

やがて少しのぼり坂になり、右に巨大な貯水池が見えてくる。香港の主要水源と、案内書にある。ここの水を香港島へ運んでいるのであろうか。

峠を越え、車は平原を走る。この大きな島に、人口はわずか二万なのである。過密どころか、過疎もいいところだ。

英領香港の総人口は、五百万に近い。その大部分は香港島のビクトリア市に集中しているわけである。この島から通勤したらいいのにと思うが、それは日本人的な考え方なのであろうか。

ハイウエーの島の西端での終点が、タイオーという小さな漁村。ここの印象は非常によかった。細い道を歩く。つまり、それがここの中央商店街というわけだが、いたって静か。薬局など、店番もいない。ある店では、のんびりとマージャンをやっている。香港のはパイが大きく、悠々とした遊びである。

素朴な人情といったものが、たたずまいのなかに感じられるのだ。小さな船着き場では、舟から魚を陸に移している。なんとなく、去りがたい思いがした。

しかし、ここまで伸びているハイウエーを考えると、観光開発が進むにつれ、しだいに俗化してしまうのではなかろうか。私たち、いい時に訪れたのかもしれない。

車は道を戻り、途中の峠で北へ曲って、さらに高地へむかう。尾根の道路はけわしくなるが、眺めは雄大なものである。

そして、行きついたところにあるのが宝蓮寺《ポーリン》。かなり大きな建物である。そう古いものではない。白い石の階段。赤ぬりの建物、黄色いカワラの屋根。内部には黄金色まばゆい仏像が並んでいる。まさに中国風の寺院である。

レストランというほど洋風ではないが、精進料理の店が付属していて、そこで昼食。

「そうだ、ここでお茶を買うのだった」

と和田さん。この周辺が香港で唯一の茶畑とのこと。通な人へのみやげ物には最適らしい。その店へ寄りながら、あたりを散歩。高地のため、空気がさわやかで、寺院の池では蓮《はす》の花が咲いていた。こんなところが香港にあったとは。もっとも、休日に多くの人がやってくるらしいが。

フェリーの発着場に戻ると、小学生らしい一団といっしょになった。わいわいとさわぎまわっている。これは日本と同じ。校外教育には、うってつけの島である。ここでなら、思う存分、のびのびと走れる。

観光協会はこの島をハイキング・コースとして売り出そうと、そのための日本語のパンフレットも作っている。それより、貸し自転車でもそろえて、サイクリングの島としたほうがいいのではなかろうか。宝蓮寺までのぼるのは大変だが、海岸などぴったりだ。日本人に限っていえば、ハイキングよりマラソンかサイクリングを好む。東海道遊歩道《とうかいどう》の案が発表された時、みな大歓迎したが、出来あがって、どれくらい利用されるかだ。それはともかく、このランタオ島は、将来への可能性を秘めた島にはちがいない。ホテルへ帰ったのが、四時半ごろ。私はこれからハリ治療を受けることになっている。希望のひとつとして申し出ておいたのだ。

繁華街のビルのなかにそれはあった。羅《ロー》さんという人。いやに貫録があるので、年齢を聞き、意外に若いのに驚いた。ハリを打ち、それに電流を通じる療法を受けた。

「その装置は、あなたの発明ですか」

と聞くと、なんと、

「メイド・イン・ジャパン」

神秘さが、いささかこわれた。しかし、ここで興味ぶかかったのは、その助手。スエーデン人で、オーストラリアへ旅した時にハリに関心を持ち、ここへ修業に来たという。背がいやに高いが、それを折りまげ、羅さんの指示により、私に温灸《おんきゅう》の療法をやってくれた。香港ならではの光景である。

帰りに英文の著書をいただいた。鼻へのハリ治療である。耳に全身と関連のあるツボのあることは知っていたが、鼻とは新分野である。それを秘伝あつかいせず、このように公表するのはいいことだ。帰国してから、かかりつけのハリ医に進呈したら、珍しがっていた。

夕食はミラマ・ホテルのレストラン・シアター。真鍋さん、滝谷さんともいっしょになる。真鍋さんの話。

「日本人の子弟のための学校。校長さんも驚いてましたよ。夏や冬の休みには、親たちが教師を日本から呼び、ホテルで塾が開かれるんだそうですよ。進学競争のすさまじさですね」

小松さんは食卓につくや叫んだ。

「やっと原稿ができた。飲むぞ、食うぞ」

ばか話をしながら見物し、夜には酒を飲み、そのあとで原稿を書いていたのだから恐れ入る。しかも、ただのSF短編ではなく、別冊小説新潮に連載の、大論文小説とでもいうべきしろものである。それを考え、あらためて感心した。とても私には、そんなまねはできない。

ここのショーは観光客むけに構成されていて、中国ムードを充分に楽しめた。

ショーといえば、着いた日の夜、パレス・ナイトクラブでも見た。それは欧米風のもので、ここの若い人たちはこっちのほうを好んでいるようだ。ショーにくわしい和田さんの話だと、ラスベガスのは個人芸が中心だが、ここのは集団の芸が特色だとのこと。出演者は主役を除いて、すべて欧米人。日本では、こういうのもあまり見られないようだ。


（「いんなあとりっぷ」昭和53年6月号）

## 4　買物

出発前に観光協会の人から聞かれた。

「香港でなさりたいことがありますか」

即座に返事ができない。まさか麻薬をやってみたいとも言えない。中国料理を味わえるのは当り前。そのうち、ひとつ思いついた。

「洋服が作りたい」

香港では二十四時間で洋服を仕上げるという話を、聞いたことがある。本当なら、その見学も面白い。私はおしゃれじゃないので、着るものはいつも既製品である。時には、寸法に合ったものを作るとするか。その実見記は、だれも書いていないようだ。

と、いささか期待していたのだが、なんということ。それからまもなく発売された「文芸春秋デラックス」に神吉《かんき》拓郎《たくろう》さんが、それについてのルポを書いているではないか。やられたとは、このことだ。大いにがっかり。

そのうち銀座のバー「まり花」に寄ったら、ママがなにげなく話していた。

「このあいだ久しぶりに神吉さんがみえたけど、ずいぶんすてきなかたねえ」

ははあと思った。それは洋服のせいにちがいない。私だって、すてきになってみせる。いくらか気をとりなおした。

神吉さんの文にもあったが、香港仕立てについては、ほめるのとけなすのと、二説ある。私の推察だが、それはつまり、いい店に当ったかどうかだろう。

オーストラリアを旅行した時、観光バスでニュージーランドの人といっしょになり、「日本製のカメラのシャッターがおりなくなったが、どうしたらいい」と話しかけられ、返答に窮したことがある。品質を誇る日本製品でも、たくさんのなかには故障するのだってあるだろう。

というわけで、着いた日の夕方、ホテルからそう遠くない「レイン・クロフォード」という洋服店に案内された。まず生地を選ぶ。イギリス製である。寸法をはかられる。カタログを見て型をきめる。

スピード仕立ては、神吉さんがすでにやっている。こっちは滞在中にできればいいのだ。なにも、急ぐことはない。

翌日に仮縫いをやり、二、三の注文をつけ、滞在三日目の帰国の前日にそれができた。着心地もよく、みなに好評だった。

なお、和田さんも洋服を作った。彼のは服とズボンの色がちがう。おまけに絹のピンク色のワイシャツまで作った。こう書くと悪趣味と思う人もあろうが、さすがイラストレーター、紺のストライプの私のより地味な印象を与えるのだから、ふしぎである。

さて、その評価だが、まだなんともいえない。会社づとめでないので、服を着て外出するのは週に一回ぐらい。耐久性に関しては時間不足なのである。しかし、かなり満足しており、値段も日本の半分ぐらい。まあ、お買いどくといえそうである。服の内ポケットのそばにネームとともにナンバーが入っており、次回からそれを告げれば作ってくれるそうで、なんとなくいい気分だ。

あとで気づいたが、この「レイン・クロフォード」はペニンシュラ・ホテル内にも出店を持っている。信用ある店らしい。少なくとも、生地の英国製は、まちがいないだろう。

そのほか、巨大な模造ダイヤをできたら買いたいと思っていたが、それは実現しなかった。オランダに行った時、〇・〇二カラットという最小の本物を買ったので、その逆をしてみたかったのだ。

しかし、香港としては、模造ダイヤとなるとイメージダウンになるので、紹介したくないわけだろう。それに、それを身につけたり、人にあげたりし、本物にまちがわれて襲われたらことである。

聞くところによると、模造ダイヤの製造地はスイスで、日本でも買えるらしい。ちょっと見ただけでは、わからないほどよくできているそうだ。

香港でのショッピングとなると、九竜のフェリー発着所のそばの、オーシャン・ターミナルというビルが最適である。数えきれぬほどの店の集った名店街である。見てあるくだけでも、ずいぶん時間がかかる。女性だったら、あれも買いたい、これも買いたいだろう。

しかし、あいにくと私は男性。なにか珍しいものはないかと、もっぱらその視点でウインドー・ショッピング。

まずみつけたのが、手錠型の腕輪。これはひとつのアイデアである。銀製らしく、ピカピカしている。さっそく手首にとりつけ、

「過激派の日本人と思われ逮捕されたが、手錠のくさりを切って逃げてきた」

と小松さんに言ったら、ほんの一瞬だが、彼も目を丸くした。それにしても、妙なものを考えつくやつもいたものだ。

「星さん、あれも面白いでしょう」

和田さんに教えられたのは、馬の木版画。それには、ハリ療法のツボと経絡の線も書きこんであるのだ。馬にもハリを打つとは知らなかった。図柄にしても、なかなかいい。それを二枚買った。もう少し早く来ていれば、年賀状の絵に使えたのに。十二年後のウマ年のために保存しておくか。気の長い話だが。

買い物で楽しかったのは、貧乏人のナイトクラブ。日程表にこの文字を見た時には、なんのことやらわからなかった。英文の表記だとPOORMAN'S NIGHTCLUB、漢字だと平民夜総会。そこに夜の九時すぎに出かけた。

香港島のフェリー発着所の一部なのである。昼間は駐車場になっているが、夜になるとそこにたくさんの夜店が並び、明るくにぎやかな一画となる。

食べ物の屋台もあるが、大部分は安価な品物の店。和田さんは子供にと、綿入れの中国服を買っていた。そのうち私は、古道具を扱っている店で、好みの品をみつけた。中国風の小さなメダルである。Aという字の三角の部分をぬりつぶした形とでもいうか、そこにいろいろの漢

字が刻まれている。十個で何香港ドルか忘れたが、いやに安い。欧米の若い女性が手首のくさりにつける品に、チャームというものがある。そのために作ったのだろうが、あまりに本場の中国的なため、売れ残ってここへ流れてきたという感じである。

売る方は「いい年をしたこの日本人、どういうつもりで買い込むのか」と変に思ったにちがいない。かくのごとくして、私の小物コレクションはふえるわけである。

それから、カセット・テープを買った。なにしろ、いたるところで耳に入る広東音楽のメロディー。かん高い女の歌声のやつである。著作権のあいまいな地。ラジオあたりから、無断で録音したしろものかもしれない。値切る気にならないほど安かった。

その日ではないが、真鍋、和田の両イラストレーターは、筆の専門店へ行き、私もついて行った。よくもこんなにというぐらい、種類が多い。二人とも何本も買い込んでいた。これもだいぶ安いらしい。

安心して買い物のできるのは、大陸中国系のデパートである。以前にくらべ、品物の種類もぐっと豊富になっていた。私はお茶を何箱か買った。

高級な靴を買おうかと来る前から思っていたのだが、だれかがこんな話をした。

「イタリア製の自動車、性能はいいんですが、雨の降らない国なので、日本に持ってくると雨水が入ってくる。靴もそうです」

本当にそうかは知らないが、意欲がなくなった。買っとけばよかったかもしれない。晴れた日にはけばいいのだ。

香港島の山の上には、ケーブルカーが修理中で行けなかったが、有名な水上レストランには寄れた。昔にくらべ、一段と派手になっていた。これでもかとばかり電球で飾り立て、色あざやかで、まばゆかである。

「未知との遭遇」という映画のラスト、ギンギラギンの宇宙船を見た時、なにかに似ているなあと思い、何日かしてから「あ、水上レストランだ」と思い出した。ここからヒントを得たのではなかろうか。

珍しい場所といえば、ホテルのそばのビルのなかの歴史博物館であろうか。未開時代から現代までの香港が容易に理解できるよう、写真を主にした展示がなされている。イギリスは図々《ずうずう》しい国だと思うが、今日のここの繁栄は、その結果でもあるのだ。

そのビルには怡東邨《イーヤン・ビレッジ》という商店街もある。もっぱら手づくりの品で、その場で売っている。手相をみる店もあり、真鍋さんは占ってもらっていた。

「香港には各国の人が来るわけでしょ。両替によって、いろいろなコインが集る。それを売る店はないんでしょうか」

と私が言うと、観光協会の人から、

「ありません。そんな商売、成り立つでしょうか」

と聞きかえされた。コインのコレクターは少なくないのだから、一軒ぐらいはあってもいいような気もする。シンガポールのそんな店で、記念銀貨を買ったことがあった。

とにかく、楽しい旅行だった。それにしても、現在の団体旅行は値段の競争になり、安かろハードスケジュールにもなる。香港はゆっくり見物してこそ、よさがわかるのだ。

それをおぎなうため、怪しげな店に案内し、高い品を買わせリベートを取る。ハードスケジュールにもなる。香港はゆっくり見物してこそ、よさがわかるのだ。

ほめてばかりいるのもなんだから、ひとつぐらいは苦言を呈しておくべきか。

出国の時の空港の検査である。鞄《かばん》にX線をかけるというので、あわててなかのフィルムを機内持ち込みのバッグに移した。すると搭乗の入口で、バッグにもX線をかけるという。たまたまビニール袋を持っていたので、それへ移して手に下げた。

検査の厳重なのはけっこうである。しかし、それならそれで、あらかじめ掲示しておいてくれれば、最初からそうしていたのに。

不平といえば、それぐらいなもの。たんのうするほどくわしく見物できたのだが、また行きたくなってきた。

（「いんなあとりっぷ」昭和53年7月号）

〈追記〉作家とイラストレーターは、一般の人が想像するほど、しばしば会っているわけではないのである。

もちろん、仕事でのつながりは深い。作品を最もよく読み理解しているという点で、イラストレーターにまさる人はいない。

だから、顔を合わせれば「やあやあ」で、たちまちうちとけるが、忙しさもあり、いつでも会えるということもあり、意外に会っていないのである。

そんなわけで、この旅行は楽しいものとなった。

＊

香港の都市再開発は、かなりの勢いで進行している。港の近くには、近代的な高層ビルがずらり。訪れるたびに新しく変化している。

シンガポールというライバルを、内心ではかなり意識しているのではなかろうか。地下鉄の工事が進んでおり、これが完成したら、また一段と便利になるだろう。

＊

ゆっくりと見物するのはいいことだ。たんのうした。つけ加えることはなにもない。

——昭和53年7月

# 放談・韓国かけ足旅行

星新一＋豊田有恒＋田中光二

1978年

すが。

**豊田**　田中さんも星さんも今度韓国にいらして、その第一歩を踏んだ印象から伺いたいんで

**田中**　ぼくは、正直いって最初の印象は、あんまりよくなくて、しだいに尻上《しりあ》がりに良くなったんですよ。特に慶州のときは、こんなに寒くて、埃《ほこり》っぽくて、あんまりぼくの好みじゃないと思ってたんだけど、ソウルへ行ったら、おいしいものも食べられたし、しだいによくなってきた。だから終わりよければすべてよしといったところで、いまこうやって日本に帰って考えますと、すごくよかったという感じが残っています。楽しい旅でした。

**星**　ぼくは旅行そのものにはさほどの感じは受けなかったけれど、ただ、あの韓国の音楽のすばらしさと言ったら、ないですな。カセット・テープの買ってきたやつを聴き直すたびに思うんですが、あれはシャンソンなんかよりはるかにすごいもんじゃないかと思いますよ。日本の歌なんぞよりデリカシーとか、歌い方とか言う点で、何段階も上という感じで、韓国の歌謡曲というのは、世界的にも水準がかなり高いんじゃないですか。演歌というよりはポップスな感じでね、実にスローな曲なんだけれども、まあそのメロディーのデリケートなことったら、それは感心しましたね。

**豊田**　確かに音楽の水準は、すごく高いですね。日本では、オリジナルの歌曲ってのは商売

にならないでしょう。ところが韓国ではカゴク（歌曲）っていいまして、オリジナルのクラシックというか、歌曲があるんですよ。今、星さんが言われた流行歌とは別にね。いずれにしてもあのメロディアスなところがいいですね。

**田中**　ナイトクラブで見た歌手なり踊りにしても、思ったよりはるかに洗練されてうまいですよね。

**豊田**　歌が上手だということに関しては、日本にもいろいろ韓国の人がやってるお店なんかがありますけれど、みんな歌うまいですね。本質的に日本人よりうまいって感じがしますね。

**田中**　エンターテイナーの資質としては、日本人より高いんじゃないですかね。

**星**　たとえば、日本のテレビなどではいろんな歌手を見るけど、あんなの、むこうじゃ掃いて捨てるほどいるものね。

**豊田**　ぼくがアジアでいろんな国見てきて感じたことだけれど、音楽的な才能に関していうと、メロディアスなのが韓国人で、リズミカルなのがフィリピン人だと思う。フィリピン人なんかのああいうリズム感覚というのは、日本人、持ってないですな。日本というのはいろんな文化が入ってきてはいるけれども、やっぱり韓国との民族的な素質みたいなものの共通点はかなりあるんでしょうね。歌とか、そういう音楽的な面でも。

**田中**　ほんと、日本の演歌と節回しはそっくりね。それで確かにそういうのは韓国の方が水準高いけれど、でも、テレビ文化となると、それは日本の方がはるかに上だな。

**星**　日本のは色がついてる。

豊田　いや、そうじゃないんだ。あれはね、抑制してるの。いろんな面でそういうところがあるんだけれど、カラーテレビは解禁しろという要望がずいぶんあるみたいで、今、問題になっている。

田中　技術的には、もう自分のところでつくれるわけだね。

豊田　つくれるわけです。だからスタジオなんか、いつでもカラーがやれるような機械が入っているんですよね。国立放送もあるし、民放でも充分まかなえるだけのスポンサーがいます。だからカラーテレビというのは法律的に解禁すりゃ、もうそのまま白黒からスッと移行できるんですよ。もちろん、そのまま、技術的な比較をすれば当然、日本の方が高いけれど、それは時間的な問題でね。まあ、韓国は今、過渡期なんじゃないかな。今のカラーテレビなんかにしても、いずれ近いうちに解禁されるだろうし、特に象徴的なのは、こんど海外旅行が自由化されるんですよね。もちろん日本みたいに完全に無制限ではないけれど、観光旅行を認める。

田中　ちょうど日本の勃興期《ぼっこうき》のバイタリティが、今の韓国にありますね。これはもう、ほんの四、五日歩くだけで、ひしひし感じたんですね。だから海外旅行を自由化するということは、もう自分のとこの政治に自信がついたということだな。よその国を見せても、変なフィードバックは起こらないということなんだな。

豊田　うん、そういうことだな。

星　韓国というのは地理的条件もいいですな。インドネシアみたいに暑いと、働くにも限界がある。

**田中**　まったくそうです。だいたい東南アジア旅行して一番目につくのは、何もしないでゴロゴロしている若い衆が、やたらにいるのね。ところが韓国にはほとんどいない。

**星**　そういえば、むやみやたらと物売りがやってくるということもなかった。あれはアジアじゃ、えらいことですよ。

**豊田**　物売りというのは、あくまで新聞売りとか、ガム売りしかいない。

**星**　それから、なんといっても水道の水が飲めるということ。これは日本人にとっては当り前のことだけれど、実際には大変なことですよ。そもそもフランスが威張ったって、水道の水が飲めないもの。だからフランスなんかより、あるいはレベルは上なんじゃないかな（笑）。

**豊田**　まあ、それは地学的な土壌の違いなんかがあるだろうけど、公共的な治安の状態は非常にいいですね。

**星**　さっき、ここに来る途中で、ふと新しい目で外を見てたら、町並みはソウルなんかとほとんど変わらないのね。だから、たとえばアメリカ人とか、ヨーロッパの人間なんかがこの町並みだけ見たら、区別がつかないんじゃないかな。

**豊田**　ぼくは、帰ってきて一日おいて、その翌日に座談会があったんですよ。それで、その場所が新橋《しんばし》の焼肉屋さんでしてね。焼肉とユッケ食いながら座談会やってたら、人の顔なんかも変わらないし、違和感がないのね。それで、ソウルにいるような錯覚起こして、ふっと韓国語が出そうになったりしてね。

**星**　東京との違いは、東京はローマ字がむやみやたらにあるということでしょう。あっちでローマ字があったのは、せいぜい高速道路の標識ぐらいで、漢字も見当たらなくて、みんなハングル文字でしたね。せめて、英語ぐらい書いたっていいだろうにな。いかんのかしらね。

**豊田**　あそこは一回、外国語禁止令というやつを出したことがあるんです。野球の言葉にも困るぐらい徹底してやったらしい。ただ名所旧跡の案内には必ず英語が入っているけれど、日本からの観光客が年間七十万人だかいるわけだから、いろいろドロドロした日韓両国の怨念《おんねん》みたいな分を差し引いて、純粋に便利ということで言えば、あれは韓国語、英語、日本語という表示があってもいいと、ぼくは思いますね。

**星**　そのかわり日本でも、韓国文字の表示をどっかにつけなくちゃいかんね。

**豊田**　むこうが観光自由化して、人がどんどんくるようになったら、やっぱりそうしなくちゃいけませんな。

**田中**　ぼくは今度韓国に行って、なんで、もっと早く行かなかったのかという気がするんです。

**豊田**　それだけ強い感銘みたいなものがあったわけですか。

**田中**　やっぱりよかったわけですよ。普通海外旅行に行く人は、まず台湾や韓国行って、それから東南アジアという具合に、大体近いところからはじめて遠くに行くケースが多いと思うんだけれど、ぼくは逆で、オーストラリア行ってから、だんだん近いところへ戻ってきたわけです。近すぎるがゆえに目に入らない、飛び越えて、その向こうを見ちゃうっていう感じと、それからやっぱり、政治的な偏見があって、何か重苦しい国じゃないかっていう気がしてた。

圧政に苦しんでるんじゃないかっていう感じがあったんだけれど、行ってみると、全然そういうことないわけね。ほんとに、それは行ってみないと、わからないことですね。

**星**　日本から年間何十万という人が行っていて、それがほとんど悪感情を持って帰ってくる人はいないわけですよね。

**豊田**　逆に言論人なんかのほうが認識が遅れてるんじゃないかね。ビジネスマンっていうのは商取引きで行くわけだから、むこうを認めなければ成立しない、というところがある。

**田中**　現実をありのままに見なければダメだということでね。かえって、なまじっかの知識人の方が、フィルターをかけて見ているところが確かにあると思うな。

**星**　イデオロギーとか、そういうもんで見てるからね。ただ、まあ日本との決定的な違いというのは国境線、軍事境界線があるってことだろうな。あれが日本にあったらえらいことですな。

**田中**　非常に乱暴なことを言うと、ああいう枷《かせ》があるがために、一種のいい意味の緊張感が国家というものにあって、それがパーソンに働いてるっていうような言い方できないかね。つまり、イスラエルが急速に近代国家として伸びてきたのは、やっぱり周囲が敵に囲まれてて、もう負けたら死ぬという気概というか、緊張感があったからということがあるわけでしょう。

**豊田**　現在まではあったでしょうね。はっきり言ってね。動乱の直後からいままでは。でも、これから先は、それだけでは、たとえば一般の国民の欲望の拡大みたいなものが押さえきれなくなっちゃうですな。

田中　だけど欲望をほんとに解放し切っちゃうと、日本みたいに非常にひどいことになっちゃうわけでしょう。いまの状態は望ましいんじゃないかね。

星　板門店に行くバスのガイドのおばちゃんが、説明しているうちにだんだん興奮して、ほんとに涙を浮かべてしゃべっていたね。

豊田　あれ、強制されて言ってるんじゃないっていうのは確かでしょう。そういうこと言うのは韓国人って、みんな強制されて言ってるように思うのが、日本の言論界の通念だけれど、そうではないですね。それから逆に韓国人と話したとき、秀吉《ひでよし》の話が出たときなんか、恨みごとのひとつも言われるかと思うと、意外に淡々としゃべっていて、話はそこでおしまい、というようなことがありますね。

田中　あれだけ蹂躙《じゅうりん》されてるから、恨みごと言いだしたら、切りがないからじゃないかな、ひとつには。

豊田　そうですね。言っても仕方がないというようなことはあるでしょうね。あるとき、ぼくがびっくりしたのは、釜山《プサン》の竜頭山公園って公園があって、そこに李舜臣《イシュンシン》将軍の銅像が、日本をむいて立っているんですね。つまり、日本がまた攻めてきたら、ということでなんだけれど。ところがそれを案内してくれた韓国の人が全く平然としてるのね。「昔、日本人がいたときには、ここには竜頭山神社が建っていました。それから日本人がいなくなってからアメリカ人が来て、将校宿舎をつくったんです。で現在は公園になっています」って具合いなんです。ぼくはちょっと驚いたね。

星　われわれが行った慶州の博物館の通訳の人、すごい愛国心のあふれる説明をしてくれたけれど、あの人は前に日本に住んでた人かしらね。
豊田　いや、違うでしょう。やっぱり戦前の教育で日本語を覚えた人でしょう。その後、自分なりに勉強したんじゃないかしら。あの愛国心の方向のもとにね。
星　でも、やっぱり日本語上手だし、単なる日本語の通訳という感じじゃないよ。日本をかなり旅行したんじゃないかな。
田中　埼玉県に何があるとか、ものすごく詳しかったよ。
星　だけど、そういう日本の中にあるすべてのものは、ここがもとであるという……。
豊田　そういうことが言いたいわけですな。
星　しかし、そこまで考えたら、当然さらにそのもとは中国にあるというようなことは考えないのかしら。
豊田　それはそうなんですけれど、よく歴史学のほうで、朝鮮半島経由という言葉を、軽々しく使いまして、いかにも中国のものが経由してスッときたみたいだけど、一回そこへとまったやつが、ある程度朝鮮半島で咀嚼《そしやく》されて、それで日本へ入ってきたという要素は確かにあるんです。
田中　コンバーターなんだね。
星　やっかいな問題だな。韓国が元祖で、その淵源《えんげん》であったと言うのは多分ほんとでしょうね。しかし、それを認めると、元祖になるほうがなんとなく偉いような雰囲気になっちゃうからね。こっちはこっちで元祖だとか、なにかひと理屈こねたくなるな。

**豊田**　いや、だから日本で独自に発達したものと、朝鮮半島から渡来したものとあるわけですよ。櫛目文土器《くしめもん》なんかは、やっぱり日本でるのとほとんど同じだし、あの石剣なんかもほとんど同じですね。ただ、金の文化が、日本には全然ないですね。

**星**　もっとも言葉から言うと、日本語は南方系なんでしょう。

**豊田**　たしかに単語的にはあまり韓国語とつながるやつはないんだけれど、文法的には同じなんですな。

**星**　ということは、日本語というのは、韓国からきたのか、日本からむこうに行ったのかというと、どうも日本からむこうへ行ったような気もしてくるな。

**豊田**　それはいま残っている単語やなんかで、日帝《にってい》時代に日本から行ったやつがあって、それを韓国語に読み直して、国語の再編成みたいなやつをやったわけですよ。だから打ち合わせとか、組合とか、ああいう単語は、全部むこう式の音で読んじゃえばいいわけです。文法はむこうと同じですね。だからほぼ四千年ぐらい前に、日本語と分かれたんじゃないかというような言語年代学の常識みたいなものがあるんですけど、結局、日本語というのは、単語やなんかは、ベーシックな南方系のやつがあって、それに征服王朝みたいなやつが一種、騎馬民族かどうかわからないけど、あって、上のほうはそっちを使ってたんじゃないかって言うんです。たとえば「おもうさま」なんていうのはそうですね。「オモニ」というのはお母さんと、そっちのほうに残っている。

星　まあ、淵源がどこにあったって、こっちが千年の歴史で、あっちが一万年の歴史でもそれは別にいいと思うんだけれどね。そんなこと言いだしたら、最後はアトランティスかなにかに収斂《しゅうれん》することになるでしょう。

田中　たとえばアフリカのオルドバイに収斂《しゅうれん》される。

豊田　オルドバイまでいくな。オルドバイにいく話は、書いちゃったな、おれ。

田中　言葉のことで言うと、年配の人が日本語しゃべるのは、まあそれは当然だとしても若い人がわりとしゃべるでしょう。あれ、わからないんだ。

星　あれは結局、商売のためということと、あと、学びやすいということもあるんじゃないの。ヨーロッパでいえば、イタリア人が、スペイン語をやるような……。

豊田　学びやすいんですね。日本語と文法構造が同じでしょう。それから発音も韓国の人にとっては比較的やさしいんですね。

星　それで、第二外国語みたいなものとして、日本語を認めなくなったとか聞いたけど、どうなのかね。

豊田　いや、いまは認めてますよ。高校からやっているところもありますし、それから日語学院ていうのがたくさんあります。

田中　逆に日本人が韓国語を習うというのも、やりやすいわけですか。

豊田　英語の三分の一か五分の一ぐらいの手間ひまがあったら、ある程度わかるようになりますよ。

**田中**　まあ、そういう日本語しゃべる人がたくさんいるっていうような意味でも、むこうに行って違和感がなかったんだけど、はたしてこれは正常なことなのかどうか、つまり、韓国にとってね。例えば立場が逆になって、彼らが日本にガンガン観光旅行に来るようになったとしてもわれわれはいまの彼らのように、とても韓国語しゃべれないよ、おそらく。

**星**　いや、必要に迫られ、たとえば韓国人がいっぱいくるようになったら、ホテルやみやげもの屋の人たちは、まず、覚えるでしょう。

**田中**　商売でやるやつは、覚えるでしょうけど、女子大生とか、高校生とか、そういうあまり直接に関係がないような人たちが覚えるでしょうかね。

**豊田**　それは、韓国でも同じですよ。地方に行ったら、日本語まったく通じないです。日本人がめったに来ないようなところに行ったら、日本人と接触のある人しか日本語しゃべれない。特に若い人は、ぜんぜんしゃべれないですよ。

**田中**　慶州の日本人のあんまり行かない料理屋のお嬢さんだって、日本語しゃべってたよ。

**豊田**　いや、慶州は日本の観光客がずいぶん入ってくるからね。それと日本に対するあこがれが、ある程度ありますから、日本の若い人が英語がしゃべれるよりは、むこうの人のほうが、日本語知ってますね。それから、日本の製品なんかを通しても、少しは日本語に対する感覚があるんじゃないかしら。

**田中**　もちろんファッションみたいな、風俗みたいなことで覚えてるような気がするんだけど。

豊田　だから動機はいろいろでしょうね。私がたまたま接触した人たちというのは、ただ日本語しゃべるだけじゃなくて、字をまた一所懸命覚えるんですね。こういう手紙を書きたいんだけど、どうかというようなね。それで、その字が私が知ってる字よりも正確なんですよ。わたしなんか馴《な》れてるもんですから、いいかげんに撥《は》ねちゃうでしょう。そうしたら「ここ撥ねますか」って言われて、そう言われてみると、ここは撥ねないのかなと思ってね。

田中　頭いいんじゃない、韓国人というのは。

豊田　優秀ですよ。それで、ちょっと話が飛びますけど、たとえば前の自衛隊、みんな米国参りをしまして、当時は日本の自衛隊と西ドイツが最高点をとるわけですよ。演習の成績がね。特に日本の自衛隊が常に百点満点なんだそうです。ところが、いま米国の演習場で百点満点とるのは、韓国軍なんですよね。

田中　やっぱりプレッシャーがかかってるからだな。

豊田　それから技能オリンピックと、各国武官の研修と、それらもいまは韓国がほとんど一番ですね。かつては日本がそうだったんですけどね。

田中　韓国は石油危機っていうのはなかったわけ？

豊田　いや、あったです。あそこも石油ぜんぜん採れないから。

田中　傷跡は、まだ深いわけですか。

豊田　それがやっぱり一種の狂乱物価になっちゃったわけです。だけどそのときにも結局、実質成長率は落ちなかったんですよ。逆に何か強気の対応になっちゃって、それで物価も上がったけれども、名目成長率もうんと上がって、物価上昇の分を差し引いてもプラス八・五パーセントだったっていうんですね。

**星**　生産抑制しなかったわけね。

**豊田**　それで物価がメチャクチャに上がったわけだけど、日本と違って韓国の場合、ソウルと地方ではかなり違うんですね。地方に行くと、ほんとに安いところがある。

**星**　今、韓国の外貨は百億ドルあるそうですね。そうしたら人口比から言ったら、日本と同じなんでしょう。

**豊田**　そうですね。日本が人口一億で外貨三百億ドルで韓国は三千五百万人で百億ですからね。ただGNPで言うと、いまがちょうど千ドル越えたぐらい。ことしの末の集計だともうちょっと上いくでしょうけど。

**田中**　千ドルといったら立派なもんだなあ。

**星**　そろそろ、日本と競合に入りつつあるのかしら。

**豊田**　でも、まだこまかいとこの仕上がりのものってのはね。

**田中**　その技術間の最後の詰めが、問題になるんだ。一級品と二級品のようなもんですから。

**豊田**　そうなんですよ。ただ一般的に使えるもので、特別に高級でなくちゃいけないとか、デザイン的な好みさえ入れなければ、例えば、普通に走るだけだったら、バスは十分だしね。

**田中**　日常的に使う電気製品とか、そういうものは完全に水準に達しているんじゃないかな。でも、国際的な競争力はあんまりないと思うけど。

んじゃない。

豊田　ただ、造船とか重化学工業のほうでも出てきましたね。

田中　造船は、結局安く受けられるから、競争力があるわけでしょう。技術力の差じゃない

豊田　技術力がほぼ日本に近くて、しかも人件費が安いということですね。

田中　でも造船ということ自体が、いま下り坂の産業でしょう。

豊田　でも韓国はいっぱいなんですよ、船台が。日本はいま船台をつぶしてるわけで、結果としてとられちゃってますね。それから紡績も、中級品までは、全部押さえてるし。中東《ちゅうとう》に行っても、いまやプラント、それから働いている人間も、韓国人のほうが多いわけです。

田中　やっぱり資源加工国なんだな。日本と泣きどころは一緒なんだ。だから将来、食いつぶし合いというのが起こりうるね。日本と韓国の間で。

豊田　たとえば、西ドイツだと、工業製品の輸入というのは、全輸入の四〇パーセントぐらい超えてるでしょう。あれだけ光学製品が発達したって、映画のカメラ全部フランス製ですもんね。だから西ドイツとフランスみたいに国際水準分業みたいなものができちゃう場合があって、そういう国があるほうが便利な場合もある。

田中　あの現代《ヒョンデー》ポニーっていう車も悪くない車だけど、やっぱりあれは日本に入ってきて売れるとは思えないな。

豊田　だけど値段によりますよ。あの値段でもって入ってきたら、売れると思うな。

田中　うん、まあいずれある程度までは追いついてくるでしょうね。

星　だけど日本の場合には、ある程度まだゆとりがあるから、新製品開発という有利さはある。まあすぐ真似される可能性もあるけど。

豊田　ただ、国際環境が、日本の高度成長の時代と違ってますからね。むこうのほうが厳しいですよ。

田中　軍備の負担もあるし。

星　だけどその点では、日本ではそれに代わって、地震への予防ということでハンディキャップを持っていると思いますよ。ビルひとつつくるにしろ。

豊田　たとえば、原子炉の放射能よけの鉛レンガがあるでしょう。むこうだったら、それをただ積めばいいわけだけど、日本の場合は箱根細工みたいに、組み込みになってるでしょう。それでコストがえらく違ってくる。これをやっておかないと、いざ地震のときに、放射能漏出ということがあったら困るわけですよ。

星　高速道路ひとつとっても、日本は地震をまず考えて、かなりの金つぎ込んでると思うんですよね。ですからまあお互いにそれぞれハンディキャップを負いながらやってるわけですね。

田中　韓国には地震、まったくないんですか。

豊田　ないですね。

星　だからこの間の伊豆近海地震みたいのが、ソウルを襲ったら、これはえらいことで、高層ビル、道路、みんなつぶれちゃう。

田中　あっ、それだったら香港はすごいだろうな（笑）。マグニチュード七・九なんかきたら、もうアウトよ。すごいもんね、空からみるとあの高層ビルは。

**星**　建て物なんかみても、韓国っていうのは木材の少ない国みたいですね。

**豊田**　レンガのうちが多いでしょう。だから見た感じがわりに立派ですよね。建て売り住宅、新興住宅がね。

**星**　あれも地震がないから、レンガ積んだだけで、立派にできるんだな。それから、アパート群というか、マンション群、それから建て売り住宅が一斉に建っているのは、壮大な感じだったね。

**豊田**　あれ、裏のほうへ回ると、もっとひどいうちがたくさんありますけどね。

**星**　話がちょっと変わるけどさあ、あの韓国の女の子のユーモアには驚いたね。

**豊田**　どういうところで？

**星**　ホテルでぼくが、ルームサービスをとろうと思って、電話番号を回すのに番号間違えちゃって、会計にかかっちゃったのかな。それ気がつかないで、ルームサービス頼むって言ったら「あなた、どこかけてんです、ここ警察ですよ」なんて言って笑ってるの。日本人じゃそういうユーモアないもんね。なにか変に生真面目とか、そういう感じ持っていたけど、意外にユーモアみたいなのがあるのには感心した。

**田中**　それは、結局、日本で報道される韓国っていうのは、どうしても政治的なもので、なにかすぐ政治的発言をすると捕まっちゃってどうの、という感じがあるから、行くほうも身構えちゃって、なにかもっと、とげとげしいと思っちゃう。やっぱり偏見もってるんですね。われわれは。

**豊田**　たしかに一方では国家建設に邁進《まいしん》して、国力を伸長させる以外にもう対応がないという事で頑張って、事実経済成長しているんだけれど、かといって貯蓄率なんかすごく低いんですね。だからほとんどゆとりがなくて、勤勉でコチコチみたいに見える面が一つと、もう一つには、非常に享楽的に見えるところがあるわけです。ユーモアはみんな通じるし、非常にやわらかい当たりの感じのところと二通りありますね。

**田中**　あれ、貯蓄率低いですか？

**豊田**　低いですな。

**田中**　どうして低いんだろう。

**豊田**　やっぱり国家とか、集団とかそういうものに対する考え方が、日本人とかなり違うんでしょうね。現在は「貯蓄は国力」なんていう宣伝やって若干上がってますけどね。

**星**　あるいはまあ、いざとなれば親類縁者が助け合うので、その必要がないのか。

**豊田**　ええ、それもありますけど、あと、結局使っちゃうんですね。韓国人というのは、必ず奥さん同伴でパーティなんか行くし、夏休みなんかになると、必ず、みんなでどこかへ行って楽しむ、みたいなところがあります。それから何かうんと豪華なものを買ってしまう。時計なんかすごく凝ったりしてね。日本人は貯蓄した上で、何かに凝るみたいなところがあるけれどね。

**星**　日本人の貯蓄マニアってのは、これはちょっと異常だろうな。アメリカなんかぜんぜん貯蓄しないでしょう。ローンを借りて、なんでもかんでも使う一方で、まあ、いざとなれば年金があるせいか知れないけれど。

田中　日本の感じから類推して、当然あっちも必死になって貯蓄しているかと思ったけれどね。いわゆる宵越しの銭は持たねえ式のあれが、あっちのほうにはあるわけですか。

豊田　ありますね。だから、遊び方のうまさみたいなものは相当なものですね。

田中　それはやっぱり侵略の歴史が長いから、刹那《せつな》的、享楽的になるのわかるね。

豊田　そうなんだ。それがまだ続いてるんだと思う。

田中　だからそれはセックスに関しても、かなり開放的なのは、当然だと思うね。つかの間の人生を楽しもうっていう気になるのかな。寒いところの国の人間というのは、大体享楽的なんですよ、なぜか知らんけど。情熱的なのね。

豊田　大学生なんか、お小づかい持ったら、もうすぐレコードだとか、カセット・テープ買っちゃったり、あるいはビヤホールみたいなところに行って、パッと使っちゃうみたいですね。

星　そうなると経済発展の原因も、そこにあるのかもしれんな。いくら作っても、国内需要がなければ、これは結局どうしようもないもんな。

豊田　ええ、そうですね。ただ、自動車なんかは、やっぱり国内マーケットを整備してからでなくて、いきなり輸出を考えてるみたいですけどね。日本みたいに内需を喚起してから、それが輸出ドライブになるというほどの人口ではないですね。低所得の問題もありますし。

田中　それと、これは勘ぐりすぎるかもしれないけれど、やっぱり北の脅威ってのがあったり、侵略や政変を何度も経験してるから、金なんか細々と貯めてもしようがないという、そういうことが内心にいちばんあるんじゃないかな。だから立派なうちを買っても、子孫にまで残るかどうかわからないじゃない。

星　そのくせ、金ためて外国に逃げようということは、あまりやらんみたいですな。

豊田　それは、だから歴史上今日まで、そういうふうに逃げてうまくいった例というのがないし、これが例えばヨーロッパの戦乱の国だったら、四方、八方へ逃げられるけれど。だけど、あそこは完全に半島のどん詰まりで逃げようがない、ということがあったんじゃないでしょうかね。

星　慶州の古い都のムードは、よかったですな。

田中　変な町ですね、あれは。

豊田　あそこ、もう一日ぐらいかければよかったですね。

田中　そうだな、あそこに泊りたかった、わたしは……(笑)。

星　あの古墳公園なんかもよかったし。

田中　ほんとにきれいだったですね、管理が行き届いて、あれは感心したな。

星　ただ、あれはもう少し緑の季節に行きゃ、もっとすばらしかったろうな。あるいは秋の紅葉でも……。

田中　豊田さんがよく言うことだけど、本当になんにも残ってないですね。あれは困るね。

星　残ってないって、何が?

田中　遺跡そのものが、総体的に……。

豊田　日本人というのは、そういうふうに大伽藍《だいがらん》みたいなものを期待してるでしょう。仏国寺なんか、あれで確かに大伽藍だけれども、あれはあとで再建したもんで、当時のものは石造りの基壇しか残ってない。

田中　日本の東大寺《とうだいじ》とか、本願寺《ほんがんじ》とか、ああいう、ばかでっかいのがないわけでしょう。そういう意味では、あんまり面白くない。あれは、なんでかな。日本のものは木造建築で、むこうは大体石造りが多いわけでしょう。

豊田　いや、むこうも本来は、木造が多いんですよ。それは、だから途中の芬皇寺《ブンファンサ》の三重の石塔なんか、ほんとは九重だったんだけど、その石塔ですら崩れちゃうんだからね。それからそのすぐそばに皇竜寺ってお寺があるんですけど、そこは七十メートルの七重の塔があったっていうんで、その礎石だけでも巨大だけど、やっぱりああいう文化財というのは、勝てば官軍みたいなもんで、残らなきゃしようがないですね。だけどみんな焼けちゃうわけです。

田中　それは兵乱で焼けちゃうということですか。

豊田　そうです。だってあそこの歴史を見ると「三国史記」あたりから数えて、最近のところまでで、九百六十回侵略を受けてる。

田中　日本あたりで、奈良やなんかで兵乱が起きたのとは、わけが違うんですね。

豊田　そうです。異民族だから、みんな火つけて焼いちゃいますもん。星だけど、また再建すりゃいいのにな。

豊田　いや、それ復元するんだけれど、また焼かれるでしょう。それを何度もくり返すうちに、もとの大伽藍が、だんだん小さくなっちゃった。たとえば仏国寺なんか、あれだけでも大きいでしょう。だけど元はあれの十倍ぐらいあった、僧坊やなんか全部入れてね。

田中　そうすると、再建するひまがないぐらい焼かれちゃうわけですね。

星　日本だって、信長《のぶなが》が比叡山《ひえいざん》焼いちゃったってことはあるわけですけどね。まあ京都が平安の都だなんていうけども、あそこは、もう大体戦国時代以降でしょう。

豊田　そうですね。あそこだってずいぶん焼けてはいますね。

星　だから、やはりどんどん復元してりゃ……。ドイツのドレスデンなんかも、そうらしいじゃないですか。

豊田　そうですね。ドレスデンは何かものすごい長い時間と費用をかけて、戦後も復元が、教会堂なんかまだ三分の一ぐらいしか完成してないのがあるらしいですね。

田中　観光的には、ほんとうにこれはというのがないんだよね。

星　しいていえば、ウォーカー・ヒルだな。

田中　あれはカジノだから男性にはいいけど、女性が行って、楽しめるとこがないですね。

星　若い女性がもう少し行けるようになるとね。

田中　そうなんですよ。観光需要って、やっぱり女性の需要を喚起しないと弱いとこがあるんだね。

星　特にOLなんか金持ってるから……。

豊田　よく、みやげもの屋さんの人が言うんですけど、女の人にきてほしいっていうわけ。絞りだの、紬《つむぎ》だの、男に見せても値打ちがわからないから、買って行かないというんですね。

田中　しかし、ＯＬってのは、やっぱりすっ飛ばして、ヨーロッパのほう見ちゃうんじゃないですか。せいぜいシンガポールでしょうね、近くて。

星　あるいはバンコックのパタヤ・ビーチとかね。海岸なんか、もう少しなんとかならんもんですかね、リゾート的に……。

豊田　リゾート的には、ずいぶんやってるんですよ。仁川のほうは工業地帯だからダメですけど、東海岸とか、釜山の一角とか、そういうとこにちゃんとした海水浴場があって、いま再開発してるようなとこあるんですけどね。

田中　でも日本の海岸と変わらないわけでしょう。

豊田　変わらないわけ。

田中　だからそこはやっぱりＯＬとしては、つまんないんじゃないの。それから、宣伝というか、日本の雑誌とか、旅行社やなんかのポスターなんかも、韓国のってあまりないでしょう。

星　あんまり見かけないね。

豊田　まあ、いわゆる日本の女性の心をくすぐるような形のきれいな宣伝というのは、あまりなされてないですね。

星　まだそこまでいってないんじゃないの。

豊田　たとえば日本の国内だって、京都なんていうのは、女性誌に載っかればいいわけで、お寺回りってのは別におじいさん、おばあさんばかりのものじゃないってことですよね。だから、たとえばソウルの宮殿めぐりだけやったって、写真撮って、きれいな色見て感心して帰ってくる人がいたっていいはずなんですね。それから慶州の遺跡地帯なんて、宣伝すればちょうど奈良・京都みたいな感じなんですからね。

**星**　釜山への直行便がないというのも、ちょっと問題じゃないんですかな。

**豊田**　だから慶州に入りにくいんですな。東京―釜山があればいいわけだ。

**星**　グループ旅行のコースを調べると、みんな一回ソウルから慶州に行って、また戻ってくるんですよ。だから釜山空港がもっと日本から乗り入れがきくようになると、ぐっと見物しやすくなるんじゃないですか。

**豊田**　それからあと、女の子が歩いて面白いんじゃないかと思うのは東大門、南大門。二つの大きな市場があって、あそこは生活感覚みたいのがあるでしょう。

**田中**　面白いといっても、とてもアンノン族が行くとは思えないな(笑)。

**豊田**　あの中で掘り出しもの、生地とか、着るものとか、そういうのが買えるのがいい。うちの女房なんかが行くとデザインがとても日本では着れない、どうしようもないというのがあるんですけど、中にはそういうのにまざってて、これは非常に気がきいてるというやつもあるわけ。そういうのをうまく選べば、すごく安いわけでね。

**田中**　なるほどね。そういえば、買ってきた湯呑《ゆの》み茶碗《ぢやわん》使ってるけど、なかなかいいですよ。二百五十円で買ったやつが一番いいわ。やっぱりいいんだ。少なくともグアムなんか行く金があったら、韓国へ行くべきだね。若い人は……。得られるものが全く違う。グアム行ったって何も得られやしないでしょう。陽に焼けるだけですよ。韓国行けば、日本とは何かということを、少しは考えられると思うな。ただ逆に風習が似ている、全くきょうだいのように顔が似ているということで、遠くへ行った、海外へ行ったという感じがないという逆作用がある。

星　それだったら、香港も同じようなもんだろうなあ。

田中　香港は、まだエキゾチシズムがあるから、いいんじゃないですか。イギリス統治時代の。それにノータックスで、ヨーロッパの製品がたくさんある。ショッピングというのは大きいですよ。

豊田　顔が似てるっていうけど、ぼく初めて行ったときの印象というのは、もっと似てるもんだと、思ってましたよ。でも四〇パーセントぐらいは日本人と完全に重なる顔があるけど、六〇パーセントは日本人、韓国人、それぞれ独特の顔という感じで、その印象がいまでも続いているけど。

田中　総じて女性がすごくきれいですな、偏見なしに言えば。色が白いんですね。肌がきれいなんじゃないかな。それにまだ日本のかつての時代のように、むこうのほうが儒教《じゅきょう》的な拘束力がまだ生きてますからね。

星　しかし、同じ名字で結婚できんとは、どう考えても、あの感覚はわからないな。

豊田　同じ名字でも、一族発祥の土地が違えばいいのよ。

星　しかし、それでも、一目惚《ひとめぼ》れというのは起こり……。

豊田　だから必ず訊《き》きますね。若い男の子と女の子が会ったら、両方とも李という名前だということがわかれば、「あなた、どこの出身ですか」って……。もし恋に落ちてから、同じ本貫(出身地)だとわかったら、えらいことになる。

田中　すごいタブーだね。インセスト(近親婚)・タブーだろうな。

豊田　インセスト・タブーなんですよね。

星　一目惚れということが起こり得ない唯一の国とも言える。まあインドのカーストはあるけどな。

田中　その発想が出てきたのは、優生学的な意味で出てきたのか、それとももうちょっとほかの宗教的とか、儒教的なあれがあって出てきたのか……。

豊田　中国も昔そうだったでしょう。同姓不婚だったでしょう。

田中　同姓愛というやつはいけないわけね(笑)。

豊田　よく在日韓国人で金海出身の金さんというのは、昔の伽羅国《からこく》の王さまの家系ですごい名門だといいますわね。それだけど金海出身の金さんというのは、六百万いるっていいますね。そうすると六百万のインセスト・タブーまで気にしちゃいられないんですな。そのうちの禁忌に、ほんとうに優生学的にひっかかるやつは二、三千だし……。

星　子供は、父方の名字がつく……。

豊田　そうするとそのインセスト・タブーもあんまり意味がないわけですよね。結婚しても女の姓が変わらないわけだし。

星　ただ、タブーとしては、強く残ってるということですな。これからはそういうのは、崩れていくでしょう。

豊田　と、思いますけどね。

星　あともう一つ不思議なのは、高麗人参《こうらいにんじん》。あれ、なくったって死にやせんだろうし、飲んでるから韓国人の平均寿命が長いとも限らんし、あれ、やはりうまいのかね。中毒かな（笑）。あるいは寒いときに、からだを暖めるというのか、あれだけは不思議だね。

豊田　わたしもよくわからないですけど、日本人以上に薬が好きなことは確かですね。だから薬の広告というのは、すごいですよ。新聞なんかで、製薬会社が広告を拒否したら、もうえらいことですね。

田中　大スポンサーなんだな。

星　医者不足ということもあるのかな。

豊田　ではないですね。医者の普及率は、日本とほとんど同じぐらいあるわけでしょう。しかも日本の無医村なんかに、よく韓国のお医者さんがきてますわね。あれは戦前の日本の医師免許持ってるからでね。

星　そうすると、あの高麗人参というのは、一種の信仰みたいなもんですな。

田中　まあ、あれはおみやげ屋だから置いてあるということもあるんだろうけど。

豊田　いや、だけどマーケットに売ってますでしょう。だからあれ買っといて、みんなで煎《せん》じて飲みますから、あれ一般の需要のもんですね。

星　ああいうもの、やっぱり効能があるわけかしら。
田中　効くんでしょう、それは……。
豊田　ある意味では、薬ということもありますけれど、たとえば蔘鶏湯《サムゲタン》っていうスープがあるんですけど、それなんか高麗人参を刻んで、薬味として入れるんですな。そうすると苦みみたいな味が出る。
田中　いや、あれ効きますね。スライスしたやつみんななめるんだけど、舌にピリピリッてきて、眠けがとれたり、やっぱりアッペタイザーとしての効き目がありますよ。
星　軽い一種の習慣性に陥っているのかしら。
田中　かも知れない、心理的に依存しているんじゃないですか。
豊田　ちょうど行ったときに、むこうの新聞によると十年がかりの研究で、ソウル大の生化学研究所か何かで、人参の効き目というのは実際にあるということを確認したという記事が出てましたね。何とか複合体という化学物質が含まれてて、それが何か長寿にも作用があると動物実験で確認されたというようなことが書いてあって、構造式もいまあるでしょう。まあ長寿というのはどうかわかりませんけどね。
田中　人参茶っていうのは、よく売ってるわけですけど、ほかに日本のお茶に当たるものはないわけですか。
豊田　あそこはないんです。お茶ってやっぱり熱帯性のもので、あそこじゃ栽培できなかったんでしょう。だから日本茶がないんです。あそこでお茶っていうと、必ず麦茶が出てくるでしょう。ポリ茶って言ってるんですけど、ポリというのは、大麦という意味で、あれを熱くしたりして飲むわけです。

田中　それは古来から、その麦茶がずっとあったわけ？

豊田　その前はお釜《かま》の底を払って、あそこに熱いお湯を入れて、そば湯みたいなものにして、それがお茶の代わりの食後の一服ですな。

田中　お茶もヒマラヤ原産なんかで、中国からきたわけでしょう。韓国にその風習があってもいいはずだろうに、やっぱり土壌としてお茶が育たなかったから……。

豊田　ただ、いま栽培してとれないことはないと思うんですけどね。日本での最初は九州でしょう。博多《はかた》の聖福寺《しょうふくじ》ってとこで、栄西《えいさい》が栽培した。鎌倉《かまくら》時代は、お茶は薬として飲んだわけでしょう。だからやっぱり、いまの高麗人参みたいなもんじゃないですか。

星　日本のお茶だって、結局、一種の興奮作用があって、日本人がまだ常用しているんだから、それと同じようなもんかな。

豊田　そうですね。

田中　それからトウガラシというのは、カラダにいいんですか。トウガラシの消費量も、膨大なもんだね。マーケットへ行くと、トウガラシの山。でも本場のキムチは思ったより辛くなくて、けっこう食えるのね。

豊田　だけど、スープですごいのがあるでしょう。メウン湯《タン》というまっ赤なスープが。

田中　でもタイのやつのほうがよっぽど辛かったわ。

豊田　日本で食べるキムチっていうのは、辛さをうんと辛くしたやつでも、何かこうコクがないでしょう。むこうでは、牛肉入れたり、アミの塩辛入れたり、何かのダシをたくさんきかせるんですね。

田中　なるほど、そういう味ですね。しかし、うまいもんだな、カルビって。また牛肉の消費量もすごいだろうね。輸入してんのかね、牛肉。

星　あんなに牛肉を使うわりに、牛がいませんでしたな。

豊田　あれソウルだからいないんですよ。

田中　いや、ソウルじゃなくて、慶州からいく途中でも、牧場というものがないじゃない。

豊田　いや、それが各農家で持ってんですよ。もっとひなびたとこへ行くと、わかりますけど、うちの子供が一日で二百頭数えてます。

星　ところで一般家庭でも、毎日焼肉食ってるってわけじゃないんでしょう。

豊田　じゃないんです。いまの料理ってのは、宮廷料理と庶民の料理とが、こう混ざっちゃったような感じですから、普通、各家庭で食べてるものってのは、たとえばピンデトックというお好み焼みたいなやつとか。昔はあそこは雑炊の文化なんですね。だからお米を入れて、野草ほうり込んで鍋《なべ》にすると普通なら二、三人でしか食えないものを、戦乱の時やなんか二、三十人で食って何とか飢えをしのげると。だからコムタンとか、クッパとかあるでしょう。ああいうやつはその辺から出てきた。

星　とにかく、なんでもまぜて食べるというのが多かったね。

豊田　臓物のスープみたいなやつがあったでしょう。あれがコプチャン・チョンゴルってやつなんだけれど、それが内臓ばっかりなんだな。ああいう動物性タンパク質は、日本人が食わないようなところまで食べる。要するに飢饉《ききん》のときはみんな食べるわけだから、それでそれが定着していったのね。

田中　見てたら、普通の牛肉焼肉もあったけれども、韓国の人は、あまりそれに手つけないで、臓物のほうがおいしいと言って喜んで食べてたね。あの辺はやっぱり好みの違いなんだろうなあ。一般の家庭では、慶州でも食べたあの韓式定食という感じのものが多いわけでしょう。

豊田　まあそうですね。だからお皿がいっぱいいるわけですよね。

田中　あれは腐らないから、使い回しきくんだよな。あのおかずは、また次の日も出せるわけだ。かつての日本と同じだな。

豊田　だからキムチにしたって、あれだけしょっぱいから、あれはめしをいっぱい食えるおかずですよね。

田中　そうそう、それこそ、ごはんをキムチだけで食べるっていうのがわかるね。

星　そのわりに、意外に肥満体の人がいなかったな。

田中　いや、だからこそ肥満体の人がいないんじゃないの。キムチとごはんだけだから。だって二十年前の日本見たら、あんまり太ってる人いなかったと思うよ。少なくとも美食をしているとは思えんもん。

豊田　それはいまんところはね。ただこれからやっぱり太る人が、どんどん出てくるんじゃないですか。カルビなんか、たいへんなごちそうですよ。日本でもかつて肉というのはぜいたく品だったですよね。

田中　でも、昔は肉がもっと安かったんじゃないかな。

豊田　ほかの物は、もっと安かったでしょう。

星　あんまり一般的には食わなかったよね。

田中　牛鍋なんて下賤《げせん》な食いものだ、なんて言われた明治や大正は別にして、戦後の話でいえばやっぱり高級品だったよね。牛肉なんて最近までは特にね。韓国と日本を比較した場合、肉の需要度というのはどうですか。

豊田　それはもともと日本よりはるかにあります。歴史上仏教が、李朝《りちょう》の間ずっとないわけでしょう。だから、殺生戒みたいなものが何もないんだ。李朝時代はぜんぶ儒教が国教ですから、中華料理と同じで、要するになに食ってもいいわけです。

田中　食いものの宗教タブーがないのね。

豊田　日本の場合は、仏教のほうが上に出ちゃって、儒教というのが本格的に影響しだしたのは、江戸時代になってからぐらいでしょう。それも完全には徹底しなかった。だけど李朝ってのは、本家の中国にもないような、ものすごい繁文縟礼《はんぶんじょくれい》の儒教国家ですから、礼式やなんかにはすごくうるさいことがたくさんあるわけだけど、食べ物に関してはないわけですね。

田中　リリージャス・タブーがない国ってのはちょっと珍しいね。

豊田　うん、そうだね。もっとも神道《しんとう》の式でいえば日本人もないはずだけど。

田中　仏教圏も広いけど、回教ももっと広いしさ、そこには全部あるわけだ、現在でも、タブーが。

星　イスラムや、ヒンズー教なんかものすごいですね。

豊田　まあ中国も儒教というか、老荘《ろうそう》というか、ああいう媽祖廟《マソびょう》みたいなやつで宗教性がないですから、あそこもなに食ってもいいんですよね。

田中　それで料理が発達したんだな。

星　韓国にキリスト教の教会が多いっていうのも、もともと宗教性が少なかったということと関係があるのかな。

豊田　あれは李朝の末期に、ずいぶん宣教師が入っているんですよね。それに対して大院君が四回ぐらい弾圧をやりまして、それからかなりたって、こんどは日韓併合のときに、日本経由で宣教師がたくさん入ってった。やっぱり、民族がこう押さえられてる時に宗教に救いを求めるということでしょう。それから今度、終戦直後と朝鮮動乱のあとに、伝道団がドッと入っていった。

星　そうすると、プロテスタント系か？

豊田　いや、カトリックもありますし、ありとあらゆる宗派が入ってますよね。

田中　教会は、みな立派だしね。

星　どこの村にも、大体ひとつはありましたね。

豊田　あります。だからキリスト教のパーセンテージってのは、相当高いですよ。

田中　教会だらけという感じで、日本よりはるかに多いね。
豊田　それだけキリスト教を必要とするチャンスが、何度もあったわけですな。日本もそういうチャンスに乗じられて、終戦直後ずいぶん日曜学校なんかにみんな通ったりしたけど、結局こう慣熟してくると、ほとんどの人はいかなくなっちゃうでしょう。だけど韓国の場合は、何度も何度も虐げられてる時代を経験してるから、だいたいその都度入ってくる伝道団がいて、それでどうしても多くなるんでしょうね。
田中　そういうような兵乱が常にあったということは、無視できないわけだね。
豊田　植民地支配と兵乱と、そういうことあると思うんですね。
星　この間、歴史の本で、ちょっと不思議というか、面白いというか、変な男の話を読んだんですけど、幕末で名字だけわかっている八戸《はちのへ》という日本人が、上海《シャンハイ》にたどりついたらしいんですな。そしたらその男はどういうつもりか、そこで、日本が八十隻の船を率いて、朝鮮に攻め込むというデマを飛ばしたわけです。それが江華島《こうかとう》事件のちょうどあとぐらいの時だったもんで、韓国がふるえ上がった。真相はどうかといって、日本に問い合わせたら、ちょうど明治新政府に変わった時なもんだからゴタゴタしてて、何が何だかわけがわからない。ますます疑心暗鬼になって、それで関係がだいぶ悪化したっていうんだけど、その八戸っていう男はどういう心理で、そういうデマを飛ばして、とんでもない征韓論《せいかんろん》まで引き起こしたんだろうかなと思ってね。
田中　最終的には、根拠のないことだったわけですか。

星　うん、なんということもないデマだった。韓国と日本ってのはそういうことでいろいろあったんだけれど、中国に対して、今は別として昔からどんな考え方をしてたんだろうな。帰属意識みたいのあったのかな。

豊田　ぼくは不思議なんですよね、中国の一部にならなかったということが。やっぱり民族的なああいう粘り腰みたいなものがあったからだろうと思うんですけれど、清《しん》朝の時代はずっと属国だったわけです。ですから、清朝の皇帝に対して韓国のは王であって、皇帝と名乗れないんですね。中国では王っていうのは藩王なんかがいて、それは当然皇帝より下なわけですね。そんなことであんまり中国に目がむきすぎてたために、西欧の台頭みたいなものを、パッと捉《とら》えることができなかった。

星　つまり、ずっと中国の封国であり、その後は日本支配に入り、完全に独立したのはほんとに新しい国。文化的には古くても、国としては非常に新しい。

豊田　きわめて新しいんですね。

星　まあ、それで現在は国家建設に邁進《まいしん》しているということなんだけれど、どうなんですか、海外への頭脳流出というのはないんですか。

豊田　それは、あるんですよね、アメリカや西ドイツに医者とか学者とかが行ってます。それから炭鉱労働者なんかの労力流出もありますね。

星　でも、それはまあ結局は帰ってくるでしょう。

豊田　でもそのまま居すわる人もいるんですね。その意味で、居すわった場合の国際性というのは、日本人よりはるかにすごいですね。順応性が……。
星　キリスト教ということもあるかもしれんな。
田中　発想は、まるで日本人といいとこなんだけれど、日本人よりはるかにモノライズされていて、西洋風の発想じゃないかな。人に対する対応のしかたにしても、意思表示にしてもね。
豊田　堂々としてるの。日本人はどっか行ったらオドオドしてますよ。借りてきた猫みたいなとこありますでしょう、外国にいると。でなければ、開き直ってはめはずすか。
星　あるいは集団でドンチャンやるかね。
田中　自然にふるまえないね。
豊田　韓国人は、ちゃんとその間をとれますよね。
星　ぼくが先ほど韓国はいま国家建設に邁進していると言ったことに関連して、日本の高度成長期をかえりみて特に強く思うんだけれど、なにしろ早く地下鉄と私鉄をつくっとくべきだね。もっと家が建ってからじゃ、補償の問題とか、いまの日本が直面している問題をかかえこむことになりかねない。
豊田　環状線ですな、まっ先に……。
星　日本の明治政府が偉いのは、たちまち山手線《やまのてせん》をつくり上げちゃったことですな。あの当時としては、ほんとに畑のなか通っていて、将来採算がとれるかどうかなんて、わからなかったわけだからね。
豊田　実は何か冗談とも、本気ともつかないこういう話があるんです。地下鉄の問題がいろいろあったでしょう、日本からいった。あのうちの車両の一台が、完全に分解されて部品ぜんぶ並べてあるというのね。韓国の工場の中に……。

**星**　あとをいつでもつくれるように……。

**豊田**　ええ、だから二号線から、要するに日本の協力を断わったでしょう。サイリスタ整流器とかノウハウがあるけれども、最先端の掘り方はわかったし、結局二号線は、韓国独自にやると言っている。つまり、あとは同じものがどんどんつくれちゃうわけ。一号線の分だけを考えると、日本国内の定価よりも何千万円か高くなるけれどもね。ちょっとデザインを変えて次々に同じやつを向こうがつくるわけですわ。

**星**　だけどまあ日本だって、それやってきたんだから……（笑）。

**豊田**　文句は言えないわけね。

**星**　いまはバスが発達していてソウルの町中混雑しているけれど、まだまだ、ちょっと出ればわりあい空《す》いてるでしょう。だけどあれはもう日本と同じで、すぐ、どこもかしこも、にっちもさっちもいかなくなっちゃうと思うんだな。

**田中**　でもソウルにこれ以上金つぎ込むつもりないんじゃないかね、あんまり……。

**星**　だから第二の大都会をつくる……？

**豊田**　その首都移転は、何度かもう発表されてるんですけどね。しかし、つまり、ソウルを見捨てるのかという声があるわけね。漢江の南側へ退いちゃうというね。

**星**　そうか、その面子《メンツ》もあるわけだな。

田中　あの国会議事堂といい、あの壮大な何千戸というマンション群といい、そう簡単に遷都するという印象は受けなかったけどなあ。遷都っていっても、どの程度の遷都なの。ずっと遠くへ離れちゃうという意味じゃないの。

豊田　遷都はもっと水原《スウオン》の近くまで持っていって、そこだけをボンみたいに独立した首都としてつくろうっていう。だから日本で言えば富士山麓《ふじさんろく》移転ていう、そういうことですね。

星　新幹線もいまのうちにつくっちゃったらどうなんだろうね。地震がなけりゃ、日本ほど金かからずにすむだろうし、買収費だって安くすむんじゃないかな。

田中　でも、あんな狭い国土で、そんなに高速で移動する必要もないんじゃないですか。

星　日本だって、これだけ狭い国で……。

豊田　日本は縦に長いですな。だけど釜山―ソウルが四百キロでしょう。

田中　バスで充分ですよ。四時間で行くんだもの。日本と何もかも同じようになる必要はまったくないし。ともかくぼくはいまの韓国にもう一度行ってみたいな。今度は秋とかもっといい季節に行きたいね。

星　わたしは、もっと音楽のカセット・テープを買いに行きたい。

豊田　六月、それから十一月がいいんです。六月は「チンダレ」っていうツツジの季節なの。十一月は「タンプン」っていうモミジの季節で、あの岩山のところが、岩が残って、一面に紅葉するってのは、すごいきれいなもんだね。

田中　とにかくもう一度六月とか十一月の季節に、また行ってみたいもんですね。

**星** まあ、せめて韓国ぐらいは成田《なりた》じゃなくて羽田から出られるようにしてもらいたいもんですな。

（「野性時代」昭和53年6・7月号）

**〈追記〉** 韓国へ行ってみようという気になったのは、豊田有恒の『韓国の挑戦』という本を読んでからである。いままで知らなかった多くのことを教えられた。驚異的な高度成長をしている国が隣にあることも、はじめて知った。

そんな時、角川書店のIさんが「韓国へ行ってみましょうよ」と、さそってくれた。彼は野性号の時に行ったことがあり、再訪したい気分になったらしい。

いずれ注が必要になるだろうから書いておくが、野性号とは古代の船を復原したもの。それによって韓国沿岸を南下し、北九州《きたきゆうしゆう》までの航海がなされた。

旅行の計画を聞いて、豊田さんが自分も行きたいと言い出した。まさに願ってもないこと。韓国語ができ、事情にくわしいこと高級ガイドクラスである。

さらに、田中光二も同行したいと言う。東南アジアをともに回った仲である。かくして、小旅行団が結成された。

三月十七日に出発。羽田、福岡、釜山、慶州、ソウルというルートである。

福岡から釜山まで、あっというまに着いてしまった。ほんとに近い隣国なのだ。釜山から慶州までは、車で一時間ちょっと。ホテルに入ったのは暗くなってから。ここがどんなところなのか、さっぱりわからない。

夜があけ、窓からそとを見る。いささか寒いが、すがすがしい空気である。案内書にも、この地の水と空気のきれいさが強調されてあった。

ほぼ半日を費して見物。日本でいえば奈良に当る古都なのである。大きな古墳が各所にあり、いくつも集っているところは公園となっており、手入れがゆきとどいている。半球状に土を盛りあげ、芝でおおったもので、曲線美の重なりあいといったものを構成していた。

「のどかだなあ」

だれもそう言い、それから筒井さんの作品「裏小倉」の話になり、大いに笑ったが、その解説となると大変なので省略する。

博物館があり、内容は充実していた。日本語の上手な中年の男があらわれ、

「日本のこの地方にはこういうものがありますが、そのもとはこれです」

と写真を片手に、陳列品を指さし説明してくれた。館の人かどうか不明である。おしまいにはくどい感じになったが、本人はまじめである。理解者のふえることを期待してのことなのだろう。そういうことを知らない日本人が多すぎる。私もそうだった。

さほど広い街でなく、タクシーを利用したので、見物はすぐ終ってしまった。しかし、ゆっくりと歩きまわったりし、落ち着いたムードを味わいたいところである。

昼すぎに食事。観光客むけでない店をさがして入る。豊田さんといっしょだと、そういうことが可能なのだ。何代もつづいた料亭といったところか。給仕に出てきた娘さんがなかなかの美人で、どうやら田中光二に好感を持ったらしい。田中さんもにくからず思ったわけだが、食

事がすんだら出発なのだ。

＊

ソウル行きの長距離バスへ乗る。道路ははばが広く、立派である。そして、すいている。ところどころに中央分離帯のない部分がある。非常の際に、戦闘機の着陸に使うためだという。

あとで知るところによると、この道路、見たところは豪華だが、表面の舗装は薄いのだそうだ。とりあえず作っておき、交通量がふえるにつれて、厚く改造してゆく方針とのこと。産業の発展にスライドさせているわけで、賢明な方針だと思う。

慶州からソウルまでの道は、両側に山が多い。いかにもマツタケのとれそうな山で、事実、秋には日本にかなり輸出している。

つまり、岩山なのである。松は地下に根を伸ばせず、地表ぞいに横に根をひろげる。マツタケはその根に発生するのだ。

新緑か紅葉の季節だったら、さぞ美しいだろうと思う。ところどころに小さな町。たいてい工場がひとつあり、教会が目立つ。赤や青のカラフルな新しい住宅が多く、農村の生活向上を示している。

ぽつりぽつりと、小さな古墳のようなものがある。これは一般の人の墓で、とくに古いわけではない。儒教的で祖先を大事にする風習。いまに全土が墓になってしまうのではないかと、まじめにうれえている人もあるという。

バス内ではラジオの音楽を流しつづけ。意味はわからないが、日本の演歌以上に演歌的で、迫力もあった。そのため、四時間半の道中も、さほど退屈しなかった。しかし、なぜか男性歌手のほうが圧倒的に多かった。

ソウルの街はずれらしきところのバス・ターミナルに着いた時は、夕暮れのラッシュ・アワー。タクシーを待つ列がずらり。途方にくれた気分だったが、われわれを外国からの旅行者とみとめた交通整理係が、優先的にのせてくれた。ほっとする思いだった。

＊

ソウルではプラザ・ホテルにとまった。なかなか高級である。各種のバス・ツアーの案内書があり、私たちはそれを利用した。第一日目は市内観光、第二日目は板門店見学。

この休戦ラインには、緊張させられた。「死ぬことがあっても、文句は言いません」という印刷物にサインをさせられたりする。

ラインぞいの地区は非武装地帯だが、その手前は写真撮影禁止である。

「われわれカメラを持っているが、ここで空にＵＦＯがあらわれたら、シャッターを押すに押せず、くやし涙にくれるだろうな」

対立した相手と陸つづきで接していない点、日本はまことにしあわせである。観念的に処理されてしまう。韓国の人は西ドイツに対して強い共感を抱いているらしいが、分断国家の苦悩は、その立場にならないと理解できないものであろう。

＊

ソウルは田中光二の生れた土地である。生後まもなく横浜へ移ったので、ぜんぜん記憶にはないとのこと。しかし、はじめてその場所を訪れたわけで、感無量らしかった。

ソウル市内には、飛行機を並べて展示している場所がある。動乱の時に捕獲したのから、B29まで大小さまざま、何種類もある。そういえば、私がB29をしげしげと眺めたのは、はじめてである。戦争中、はるか高空を飛来し、私の近くに爆弾をばらまいていった機種だ。さほど感無量にはならない。こう、あっさり忘れてはいかんのだろうが。

そのあたりから別な方角を眺めると、大団地が目に入る。日本にもこう多く建物の集ったのは、ないのではないか。未来都市といった印象である。

＊

旅行中、毎日のように焼肉を食べていた。種類を変えたりしたので、あきることはなかった。私は飲まないが、レストランにはペプシコーラのびんがある。以前、バンコックでペプシの看板をみかけ、古関さんからタイ文字の解説を受けたことを思い出した。わけはわからんが、これが韓国文字によるペプシの発音の表示にちがいない。

さいわい、豊田さんがいっしょである。その実例を手がかりにペプシがわかり、コカコーラがわかり、自分の名が書けるまでになった。子音や母音の表記が統一されていて、その組み合せが文字で、じつに合理的である。

日本字だと「に」「ほ」「は」あるいは「フ」「マ」「ア」は、それぞれ形が似ていながらなんの関連もない。しかし、韓国の文字は、形に共通した部分があれば、発音も子音か母音で共通しているのだ。日本字はそれだけ不便というべきか、そこが微妙というべきか、意見の分れるところだろう。

＊

ついでにと、ソウルの少し北の仁川まで足をのばした。なんということのない港町である。もっとも、少し曇っていたためかもしれない。しかし、そこで昼食に食べた魚料理はうまかった。とれたてで、安いのだ。

最後の夜はウォーカー・ヒルにとまった。郊外の保養地かと想像していたが、街なかの丘である。それでも緑が多く、夜景は美しく、悪くないところだ。

カジノで有名であり、日本人がたくさん来ていた。私はルーレットをやった。たちまち、チップがふえる。

しかし、いつまでもツキがつづくわけがない。酒や食事のあとはだめなのだ。自分でもそれがわかり、いまやめればもうかったままとわかるのだが、あいにくと時間が早い。あんのじょう、負けはじめる。それでも、マイナスはしゃくなので、いくらか残してそこでやめた。損はしなかったのである。

ギャンブルに必勝法はある。勝っている時にやめればいいのだ。しかし、実行はむずかしく、見ていた限りでは、みなとことんまで行ってしまう。これがパチンコだったら、途中でやめるところだろうにと思う。日本人はなれていないのだ。とにかく、カジノの経営はもうかるようにできている。

＊

ソウル市内のナイトクラブのショーは、なかなかよかった。そんなこともあり、歌謡曲のテープを買って帰り、いまだに感心して聞いている。これは女性歌手のもの。

音楽史的には香港で耳にした広東音楽のほうが重要らしいのだが、あれはとても日本人の肌に合わない。

＊

韓国に行ってみてよかった。東南アジアだけでは、バランスがとれない。いずれも日本のルーツなのである。

——昭和53年7月

# 断食へのトリップ

１９７８年

断食を体験してみようという気になった。

行きつけのハリ医の話がきっかけである。

「あれは効果があるようですよ……」

父親が断食道場へ入り、みちがえるように元気になって帰宅したという。興味ある現象だ。かなり心が動いた。

「やってみたくなりますな」

とくに、どこが悪いというわけではない。しいてあげれば、酒と睡眠薬である。薬が二十五年、酒が十五年を確実に越えている。

おっと、そう顔をしかめることはない。さほどの重症ではないのだ。酒も明るいうちは飲む気になれぬし、薬も量がほとんどふえない。就眠儀式というやつだろう。しかし、連日となると感心しない。中毒かもしれない。中断してみるとわかるのではなかろうか。

さらに乗り気になる。私にはいくらかマゾ的なところがあるのだ。

これまた行きつけの、近所のO医院。そこの院長のO先生に申し出た。

「断食療法をやってみたいので、病室をひとつ貸してくれませんか」

「どうぞどうぞ」

盲腸の手術を受けた医院である。このところ空き部屋が多いらしい。四月二十四日からの予約をする。SF仲間の結婚式があり、それをすませてからというわけ。徐々に具体化してゆく。

「しばらく入院、断食をするよ」

会う人ごとに、そう話す。公約によって、自分をやらざるをえない立場へ追い込むためである。また、その約一ヵ月のあいだ、原稿を依頼されると困るのだ。消化器だけでなく、全身、および精神を休養させようと思う。

受注原稿を早目に書きあげ、片づけてゆく。仕事を病室に持ち込みたくない。

打ち合せに寄ると、O先生が言った。

「念のために、血液検査をしてからはじめましょう」

血を取られるのは平気だが、午前中にやらなければならないのが厄介だ。早起きのため早寝をしようと、前夜に飲んだアルコールが、まだ体内に残っている。

これでは、いい結果が出ないのでは。医師は慎重だから、問題点があったら、中止を主張するだろう。そうなったら、みなに公言してしまった私は、どうしたらいいのだ。どうも落ち着かない気分である。

しかし、数日後の検査の結果は「異常まったくなし」だった。ちょっと意外。とにかく、ゴー・サインは出たのだ。

なぜ断食を病院でやることにしたかというと、医師の監視下なら、危険となるとすぐにドクター・ストップがかけられる。また、酒と睡眠薬の禁断症状を警戒してでもある。団体生活だと、他人に迷惑をかけかねない。

その一方、参考となる本を何冊か買って読んだ。健康法ブームで、けっこうあるのだ。信仰や精神修養のからんでいるのが断食で、医学的な見地からのが絶食と、大ざっぱにわけられるものらしい。

どれにも共通しているのは、医師についてもらってやれば、危険はないという点。安全なら、なにごとも体験だ。

われながら、ものずきである。

4月24日（月）

昼ごろ起き、缶づめの野菜ジュースとヨーグルト二つ。前日の夕食は、ソバを少し食べただけ。開始前の暴食はよくないのだ。

午後2時ごろ入院。O医院は自宅から歩いて四分ほど。病室は二階。和風の部分が四畳半、洋風で応接セットの置いてある部分はもう少し広い。テレビあり。

バス・トイレつき。もっとも、絶食中は入浴禁止。冷蔵庫もあるが、不要のためコンセントを抜く。ホテルのちょっとした一室といった感じである。ひげそりもよくないと本にあり、電気カミソリを持参。歯をみがくのもよくないらしい。食べなければ、その必要もないわけか。

看護婦さん来室。脈と血圧を測定、そなえつけの用紙に記入。尿の量と比重も毎日測定するとのこと。私は飲んだ水の量を記入する。体重は六九・五キロ。

4時30分。食事。中華風タケノコと肉、ご飯、つけもの。七〇〇カロリー。徐々にへらすとはいえ、意外の量だ。

当分は仕事なしだが、実感わかず。

テレビ。NHK「磯村報告・イスラエル」民放で映画「新幹線大爆破」。

O先生より渡されたブロムワレリル尿素（ブロバリン）二包。こんな弱いので眠れるかな。酒もなし。11時30分、四畳半に敷いた寝床に入る。

25日（火）

眠り浅く、何回か目ざめ、朝8時に起床。

タバコの吸いたいのをがまん。新聞を読み終ると10時。あと、時間をもてあます。たまっていたリーダーズ・ダイジェスト誌のバックナンバーを、何冊も持ってきてある。読むのにいい機会ではなかろうか、こういうのを。

昼食。焼き魚、野菜、かゆ一杯。五〇〇カロリー。

散歩に出るが、雨になりそうで戻る。長椅子でうとうと、短時間。

夕食。みそ汁、野菜煮物、トウフ一きれ。かゆ一杯。五〇〇カロリー。

ダイジェスト誌を読む。タバコが吸いたい。がまんしろ。仕事はしなくていいのだ。

ブロムワレリル尿素を一包。少しではあるが、飲んだのだ。12時ごろ寝床に。

26日（水）

上陸用舟艇《しゅうてい》の反乱の夢。筋はまるで思い出せない。7時ごろ目ざめる。きのう、きょうと、早起き。自宅往復。きがえの下着と新聞をとってくる。ついでに散歩。一日の長さを考えはじめる。

長編小説を一冊よむ。

昼食。みそ汁、煮魚すこし。かゆ半杯。二五〇カロリー。まだ午前中だ。

タバコのがまん。それに気をとられてか、空腹感どころでない。これまで、一日に四十本は吸っていた。胃が弱っているのか。

ダイジェスト誌を読む。近所の散歩。

夕食。みそ汁、ホウレン草、かゆ半杯。二五〇カロリー。これが最後の食事である。

テレビ。「宇宙からのメッセージ」紹介。プロ野球中継。まさに時間つぶし。

本日より、睡眠薬なし。11時30分、寝床に。いやな予感、的中。まるで寝つけぬ。自分自身を説得。

「つぎの日を気にすることはないのだ。締切りは当分ない。だれに気がねもいらない。好きな時に起きていい」

そんなことぐらいで眠れるものじゃない。仕事はないのだ。悩みもない。気分の集中目標がなく、不眠症状だけが大きくなる。

薬なしでの眠り方を忘れてしまった。

しようがないので、ダイジェスト誌を読む。2時になり、4時になる。いっこうに眠くならぬ。やがて、カーテンのあいだから朝の光が。

27日（木）

完全に一睡もできなかった。

9時、O先生にそのことを話すと、

「でしょうね。仕事をせず、運動不足なのですから」

「そういうものかもしれませんな」

「それより、よく腹がすきませんね」

「眠れないほうが大問題ですよ」

ものには順序や段階があるのだ。

長椅子に横になりテレビを見ていると、うとうとした。約五分ずつ、二回である。時間の流れが、いやにゆっくりになった感じ。時計の針が、なかなか進まぬ。

仕事をする気はない。翻訳の長編、あっというまに読みあげてしまう。こんなことをしたのは、はじめてだ。

本日は食事なし。対談集の本を読む。雑誌を何冊か拾い読み。自分を持てあましている形。胃の薬も、ビタミン剤も、お茶も、コーヒーも飲まない。口に入れるのは水ばかり。テレビをつけたり消したり。

夜11時、寝床に入る。うまく眠れるか。たぶん、だめだろう、意識しているうちは。しかし、起きていてもしようがない。

部屋をうす暗くすると、電話のコード状のものが乱舞する幻覚を見る。メモ用紙の上に、ジグソー・パズル状の模様があらわれる。

仕事なし、悩みなし、時間たっぷり。こんなぜいたくをしている人は、ほかにいないぞ。そう自分にいいきかす。

自分が二人になったような気分。眠らせる自分と、眠ろうとする自分。時には三人になったようにも。

安静状態と、眠りとはどうちがうか。雑念を追い払ってみたりするうち、うとうと。なぜかはっとなり、目をあけて時計を見る。三十分とたっていない。それをくりかえし、やっと眠りらしい眠りを得る。午前4時半まで、三時間ほど。

二十何年ぶりかの、薬なしの眠りである。感無量。そのかわり、とりとめのない夢を見た。薬をやめると悪夢を見るとの記事を読んでおり、覚悟はしていたが、悪夢ではなかった。ノスタルジアめいた印象のあるもの。

28日（金）

そのまま寝床のなか。朝7時—8時、ふたたび眠る。

理髪店へ。絶食が進んでからは避けたほうがよさそうだ。ついでに散歩。

長編一冊を読む。

夜、テレビで洋画。スティーブ・マッキーンの「ゲッタウェイ」。

11時半。今夜はどうか。木の葉っぱが部屋じゅうをぐるぐるという幻覚。なぜだ、これは。なかなか眠れぬ。昨夜の睡眠も多くはない。きょうも昼間は眠らぬようにしていた。その蓄積によって眠れていいはずなのに。

「仕事はないのだ。むりに眠ることはない。気にしないこと」

と、いいきかせる。昨夜は効果があったが、今夜は逆。それだったら、眠ることもないじゃないか。電気スタンドをつけ、本を読みはじめる。どこか運行がおかしくなった。

一昨日あたりから、精神が高揚していることに気づく。ビゼー作曲「カルメン」「アルルの女」の組曲を聞いているよう。軽い酩酊《めいてい》感。

なにしろ、時間はたっぷり。食事をしないと、かくも時間がふえるとは。それに、なすべき仕事はない。たぶん、もの心ついてからはじめての体験だ。それによる単純な興奮か。またとない機会だから絶好の休養と思えばいいのだが、急に日課のリズムを変えようとしても、うまくゆくわけがない。本をつぎつぎに読むのも、そのへんが原因か。

もしかしたら、躁《そう》状態とは、こんな気分なのかもしれない。なにかをせずにはいられないのだ。それも、かりたてられるというより、自分の内部からの欲求によってである。かけまわりたくもなる。

これは絶食による現象でもあるらしい。長編の構想の用意があったら、一気に書きあげたかもしれない。

断食についての本で、秋田大学の九嶋《くしま》博士は、クロールプロマジンという薬の使用をすすめている。激しい空腹感を押さえる作用があり、修行でなく医療のために断食する人は、むしろこれを使ったほうが賢明とあった。

この薬には、うつ病の傾向を強める作用もあるという。つまり、躁状態を押さえるのだ。このままだと、睡眠不足を重ねることになりかねない。絶食中というのに。

それにしても、こんな気分になるとは。体力と気力がおとろえ、だらんとしたようになるのかと思っていたのに。空腹に苦しまぬのもふしぎだし、ちょっと予想がはずれた。

**29日（天皇誕生日）**

朝、6時30分より8時30分まで二時間だけ眠る。

めざめれば、目も頭もぱっちり。すぐまた眠るにせよ。境目がはっきりしている。

体重、六五・五キロ。四キロへった。のどのうがいをする。ガラガラという音が出ない。声に力がこもらないのだ。

O先生にクロールプロマジンの使用について申し出ると、

「その注射をしたら、眠りつづけになってしまいますよ。その系統の軽いやつの錠剤にしておくのがいいでしょう」

渡されたのがセレナミン。以前、執筆時に手のひらに汗をかく、自律神経失調症状の時にももらった薬。軽い精神安定剤のはずだ。

この入院まで、睡眠薬としてベンザリンを愛用していた。O先生、それはこの際にやめるようにと言うが、セレナミンについてはなんとも言わない。はるかに害が少ないのか。

小雨のため、散歩はできない。つづけて本を二冊よむ。躁状態の気分は、まだつづいている。時間はなかなか進まぬ。

なにか麻薬を飲んだような、普通では味わえぬ体験。こんな時には、暗示にかかりやすいのではないだろうか。

ある修行をすれば、自己暗示も悟《さと》りも可能のようだ。インドが独立する時、マハトマ・ガンジーは誤りのない決断を下すため、しばしば断食に入った。イギリスの総督府の連中はそれを見て、ハンストと思ってあわて、ことがすべてうまくはこんだという。

また、最近は若い女性に拒食症というのがみられるそうだ。成人することへの拒否の神経症とされているが、絶食による陶酔も一因をなしているのではなかろうか。

検討すべき点は多いみたいだ。

夜9時ごろ、セレナミン一錠を飲む。テレビを見て、11時ごろ、もう一錠。

寝床に入る。眠れそうである。なにかを飲んだという安心感。就眠儀式中毒とは、やっかいなものである。

30日（日）
午前2時に眠り、8時まで。

シュールで壮大なスパイ物の夢。メモしたつもりだったが、なにも残っていない。南の島々を舞台に、超能力者の争奪戦。しかし、細部はなにもおぼえていない。

断食以来、眠れば夢の洪水である。

寝床のなかで。のんびり。なにかが一段落した感じ。セレナミンのせいか、躁状態がそうはつづかないためか。

一日中、ぼんやりとすごす。入院してはじめてである。テレビを見る。雑誌を読む。小雨のなか、少し散歩。

空腹感はまったくなし。それよりも、手持ちぶさたがかなわん。食事には娯楽の面が多分にあることに気づく。

5月1日(月)
午前1時に眠り、9時に起きる。オカルト的な夢を見たが、かなり長く眠った。
入院一週間目。絶食四日目。体重六四キロ。便は二日前より出ない。カンチョウを試みたが、排便なし。水は毎日、一・五リットルほど飲む。体内の不要物は尿に排泄《はいせつ》されているようだ。濃い黄色である。
テレビを見てすごす。
コマーシャルあれ食えこれ飲めわめく世に
ちと物ずきにやめてみるかな

ゆたかさへの拒絶といった意気ごみがないでもなかったが、やってみると、そうドラマチックなものではない。しかし、現在、物質的に社会と絶縁していることはたしかだ。舌がねばつく。胃を使わないのに。O先生、使わないからそうなるのだとのこと。時間をさほど持てあまさなくなった。セレナミンのせいか、なれてきたのか。

2日（火）

2時に眠り、9時に起きる。ほぼ定着してきたようだ。夢。ニュー・メロドラマの語だけおぼえているが、筋は思い出せぬ。

新緑のにおい、部屋のなかまで。

声に、ますます力がはいらない。

タバコを吸ったら、さぞ頭がすっきりするだろうな。ずっとそんな気分。がまんも、仕事がないからこそ。

3日（憲法記念日）

夢。宇宙人にさらわれることへの保険。じつは詐欺。さらにわけのわからぬのも。

タール状の便、少し出る。宿便ではないらしい。体重六三キロ。読書。

あと三日でやめよう。きりがない。

4日（木）

夢は見たが、9時、すがすがしい目ざめ。

風呂《ふろ》に入りたい。不眠が悩みから去ると、ほかの欲望が出てくるのだ。

下剤を飲むが、なんにも出ず。

5日（子供の日）

武蔵小山《むさしこやま》の商店街へ散歩。食べ物に関する店が、いかに多いか。さまざまなにおいをかぐが、平然たるもの。食ったらさぞうまいだろうと思うが、空腹感とはちがう。

食べている人がうらやましいが、当人はうらやましがられるほど味覚を楽しんでいるわけではあるまい。

夜、テレビで「マネー・チェンジャーズ」。

6日（土）

9時ごろ起きる。こつがわかってきた。

五反田《ごたんだ》まで散歩。ゆっくりと歩く。偶然、中学時代の友人に会う。声がよく出ない。私が重病とのうわさが流れるのでは。

頭、いくらかぼんやり。読書にはさしつかえなし。荒巻義雄《あらまきよしお》『神聖代』一気に読む。

夜。「マネー・チェンジャーズ」後編。面白いだけのもの。銀行の地味な面も少し描けば厚みが出ただろうに。

7日（日）

絶食、満十日。本日より食べはじめるつもりだったが、日曜のため食事の準備の点で、あすからにする。体重六一・八キロ。

絶食になれてしまい、一日のずれなど、どうとも思わぬ。まだ当分はつづけられそう。食糧パニックにも生き残れそうだ。混乱は二十日とつづくまい。平然としていたら、それぐらいでは死なない。あたふたしたら、一週間が限界か。この自信が収穫のひとつ。

武蔵小山へ散歩。ゆっくりとだが、一時間ぐらいの体力はまだ残っている。

しかし、時どき立ちくらみを感じる。絶食以来、血圧が低下。上一二〇台、下五〇台。それよりは下らず、安定している。

8日（月）

夢は依然として見つづける。

朝8時半、食事。ウメボシ半分、おもゆ半杯。五〇カロリー。おもゆに塩をふりかけて口にする。うまい。考えてみたら、ずっと塩をとっていなかったのだ。

検査用に血液を採取される。普通より黒っぽい感じ。ビタミン注射をされる。

本日より補食（復食ともいう）開始。唯一の心残りは、宿便の出なかったこと。長いあいだ排泄されずに、腸の内壁にこびりついていたと称する便のこと。それが出るとさっぱりすると、多くの本にある。

絶食を一日のばしたのも、それを期待してだ。しかし、下剤の効果もなし。O先生は、

「宿便に関しては疑問ですね。腸に疾患のある人に限るんじゃないでしょうか」

私の消化器は健全で、それで出ないのではないかとのこと。高圧カンチョウをやれば、腸内のすべての排泄ができる。しかし、たぶん出ないだろうと。私もそんな気がする。

自宅へ寄り、腹部の写真をとる。ごそっとやせている。下腹部の脂肪をもう少しへらしたいが、ほどほどということもあるのだ。

近所を散歩。

4時半。食事。みそ汁、おもゆ半杯。五〇カロリー。みそ汁の味は、からだじゅうにしみわたるようだ。

夜、セレナミンを一錠にへらす。

9日（火）

5時にめざめ、寝床のなかでぼんやり。

8時半、食事。

食事を、あと午後4時半の一日二回。八日がかりで、徐々に一五〇〇カロリーの日常（私の場合）へ戻してゆく。メニューの記録はあるが、いちいち書くのはやめる。

食事を再開したとたん、舌の苔《こけ》がきれいに消える。珍現象なり。
体重六一・四キロ。これが最低記録。
散歩と読書。この二つには食事を忘れさせる働きがある。それに気づいていたのかどうか、ちょっとわからない。

10日（水）
本には、補食期のほうがつらいと出ていた。消化器がオーバーホールされ、食欲を押さえきれなくなるとか。へたすると、命とりになりかねないとも。
精神的に身がまえていたが、さほどのことなし。私がもはや若くないということか。それとも、抑制心が強いのか。

11日（木）
散歩と読書。池上線《いけがみせん》に少し乗れば、散歩用の道はいくらでもある。もっとも、入る店といったら書店ぐらい。
きのう、きょうと、小雨で少し寒い。

12日（金）
血液検査の報告がとどく。O先生、

「まだ何日かもったでしょう」

悪化した点はなかったとのこと。

13日（土）
散歩。料理店の陳列棚をのぞきながら。補食期の危険性は、気のゆるみにあるのかもしれない。少しずつ食事がふえている。ここで、もうちょっとぐらいという誘惑である。妥協したくもなるだろう。
まだ便なし。朝食のあと、毒掃丸を飲む。連用してみるつもり。
入院生活、あと二日。

14日（日）

明後日に退院。日常の生活に戻れるのかどうか。最初はべつとし、いい休養になったことはたしかだ。

夕食後、便がある。補食に入って、はじめて。毒掃丸のおかげか。かたい便。便器をのぞきこむと、黄色をしていて、病的な印象は受けない。宿便らしきものはまざってない。

腸に宿便があったら、これで押し出されたはずである。腸で吸収されたとは考えられない。私の場合、なかったのだろう。高圧カンチョウを試みても出なかったと思う。

久しぶりの排便で、すっきりした。

夜9時半。院長のO先生、退院の前祝いに酒を飲みませんかと、さそいに来る。医師がすすめるのだから、いいだろう。

O先生、ロータリー・クラブの国際大会へ出席してきたとのこと。盛会だったらしい。ビール二杯ほど。ブランデーの水割り二杯。二十日ぶりの酒。よく回る。

私の病室で死んだ患者もあったとの話。はじめて聞く。知らぬが仏だった。

15日（月）

酔って、ぐっすり。夢も見なかったようだ。朝7時に起きる。

疲れがいっぺんに出た感じ。アルコール分も残っている。武蔵小山に出かけ、サウナに入る。少し早いかなと思うが、食事をはじめて一週間だ。サウナ室は短時間にし、泡の風呂でのんびり。頭とからだを洗う。

休憩室の椅子に横になり、ジュースを飲み、二時間ほど。だいぶさっぱりした。

16日（火）

午後に退院。

夕食に天ぷらとソバを食べる。しばらくは、なんでもおいしく感じるだろう。

そして、現在、退院して十日。体重六四キロ。

タバコはやめたまま。食事のあとなど、すごく吸いたくなる時があるが、押さえきれぬほどではない。きれいになった舌を、しばらくこのままにしておきたいのだ。

睡眠薬のベンザリンも同様。寝る前に三錠を飲んでいたのが、やめられたとはね。しかし、セレナミンの一錠は飲んでいる。夢を見るようになったが、寝つけるのだ。

酒。退院して三日目、荒巻さんの出版記念会に出た。たちまち酔い、目の前が暗くなった。まだ血圧が低いのだろう。しばらく椅子にかけていると回復した。寝酒の量も大はばにへった。ウイスキー・グラスに一杯、あるいは缶ビールひとつ。これまで全廃することはあるまい。

タバコ、薬、酒。やがてはもとのもくあみかもしれないが、とにかく一応はやめたのだ。予期せざる効果。断食のおかげといえるのかどうかわからないが。

ついに空腹感に苦しむことはなかった。あまり劇的な体験はなく、退屈さのほうが多かったが、一種の自信といったものは得た。

これを、とくに他人にすすめるつもりもない。健康法はさまざまある。過大な期待は禁物だろう。興味を持たれたら、本で調べ、医師との相談の上でおためし下さい。いやいやながら、やらないほうがいい。

（「別冊小説新潮」昭和53年夏季号）

〈追記〉いま読みなおすと、この断食日記の文章は、ほかのとちょっとちがう。メモをもとにまとめたせいか、絶食のためか。

タバコは、まだやめたまま。あれから、十本ぐらい吸ったろうか。つまり、常用者ではなくなったのだ。いつまでつづくかである。しかし、その気になれば、入院と絶食により、いつでもやめられそうである。

機会があったら、またやってみたい。機会とは、原稿をかかなくてもいい期間がとれればということである。次回は、もう少しうまくやれそうだ。

＊

長部日出雄《おさべひでお》さんも断食の体験者である。講演旅行でいっしょになった時、そのことが話題になった。

「あれをやると、ハンストをやる人に少しも同情しなくなりますね」

まさに、そうなのだ。空腹感で苦しむということは、ぜんぜんない。これだけは、やってみなければわからない。

食事がその筆頭だろうが、日常の習慣とはなんなのだ。それを考えた点、絶食も一種の旅行といえそうだ。その結論は得たわけではないが。

＊

ここ数年、私は右手の故障に悩まされた。ハリと灸《きゅう》にたよる以外になく、それによって少しずつよくなり、絶食の前には九割がた回復していた。それでも、一割はなにか残っていた。字を書くのが、なんとなくおっくうだったのである。

それが、いまや完全によくなった。断食日記の原稿を渡した時、担当のT氏が目を通してまず言った。

「字がすっかりよくなりましたね」

かつて、手のひらの汗で苦しんだり、意志に反した形の字になったりしたことなど、うそのようである。もはや再発しそうにない。

この頸肩腕《けいけんわん》症候群という職業病は、やりきれないものだ。生死にかかわらないから、現代医学ではほったらかし。痛みはないが、仕事がはかどらないのだから、精神的な苦痛はひどいものだ。自律神経に関係があるらしいが、はっきりはしていない。

ずっと使ってきたシェーファーの万年筆がぶっこわれ、そんな場合のためにと香港で買っておいたのに代え、しだいになれてきた。それも原因のひとつだろう。しかし、それだけではない。執筆量をへらし、旅行で気をまぎらしたことも、役立っているようだ。そのほかいろいろと。

この本をまとめながら、巡礼という言葉を何回となくつぶやいた。旅というものには、たぶん、まだ人びとの知らない、なんらかの作用があるのではないかと思えてならない。

——昭和53年7月

# 著者あとがき（旅行記発生の一因）

世の中には「作家という職業はのんきそうだ、自由業だからな」と思っている人が多いらしい。事実、そう感じている作者もいるかもしれない。作品が売れ出し、つとめをやめて執筆に専念となった人は、時間や上下の関係からの自由を感じるらしい。しかし、たちまちそうでなくなるのだ。

自由どころか、目に見えぬものに強く束縛されていることに気づくのである。それは精神面にまで及んでいる。つまり、執筆という作業、具体的にいえば締切りである。目がさめてから眠るまで、つぎになにをどう書くかが、頭のなかを支配しつづける。なにが自由なものか。注文のこない作家は別として、現役作家のなかで、月に四日の休日を確保している人が、どれだけいるだろう。

それでも四十代の前半までは、体力と気力で仕事がこなせるし、大変な仕事だとの意識もあまりない。問題はそのあとだ。

仕事の中断、すなわち頭脳の休養を、からだが求めはじめる。それには外国旅行が適当なのだ。仕事をしない言いわけになる。電話のかかってくることもない。なにも読まなくていい。現地の新聞など、見る気にならない。異国にいるため一種の緊張感があり、作品の構想など考

える ゆとりもない。少なくとも私に関しては。

その前後に旅行についてのエッセーをたのまれると、つい引き受けてしまう。休んだ埋め合せをしなければという気になるためのようだ。そうでない時の「なにかエッセーを」との依頼は、たいてい断わる。書斎にいる時間が大部分の日常では、エッセーのテーマを考え出すだけで、ひと苦労だ。それだけのエネルギーがあるなら、短編を作るのに使うべきだろう。

しかし、外国旅行となると、話は変ってくる。はじめて見聞することが多いのだ。すでにご存知の人が多くても、私にとっては興味のもととなる。そんなわけで、筆が進むのである。

根本的には、小学生の遠足の作文と大差ないといえるかもしれない。しかし、いまや私は若くないし、それだけに自分なりの視点があり、とりえといえばそこではないかと思う。つまり、見聞に触発されたエッセーなのである。偏見や私の誤解もあるかもしれないが、そんな考え方もあるかと楽しんでいただければ、それで満足である。

文庫収録に際して読みなおし、旅の日々のことが、なつかしく思い出された。それとともに、そのあとの知識とつながり「ああ、そうか」と感じる部分もいくつか出てくる。

たとえば、バリ島。ここではすでにある一軒のホテルのほか、ヤシの木より高い建物を作るのは禁止されている。観光案内の本にそうあり、とまったのはホテルのバンガローづくりの部屋。観光客を呼ぶための、美観保持を考えてだなと感心したものだ。そして、帰国してかなりたって、バリ島は地震の多いところと知った。高い建物の禁止は、どうやらその被害防止にあるらしい。

最後の章の、断食体験。そのあとについての報告だが、タバコはやめたまま。よくやめられたと思う。たまに二、三服を吸うが、うまくないし、つぎの日にのどがおかしくなる。その一方、体重がいくらかふえてしまった。食事がおいしくなったためではない。前にくらべ、飲む酒の量がふえたのだ。バーに寄った時など、タバコを吸わないぶんだけ、飲むピッチが早くなった。

そのアルコールが、カロリーなのである。間接的にふとるもとなのだ。どっちがよかったのか、なんともいえない。

人生こそ旅。このところ、その思いを痛切に感じている。

昭和56年4月

本書は、一九八五年十一月に刊行された
角川文庫を底本としています。

# きまぐれ体《たい》験《けん》紀《き》行《こう》

星《ほし》 新《しん》一《いち》

昭和60年 11月25日　初版発行
平成31年　1月25日　改版初版発行
令和 6 年 12月10日　改版 6 版発行

発行者●山下直久

発行●株式会社KADOKAWA
〒102-8177　東京都千代田区富士見2-13-3
電話　0570-002-301（ナビダイヤル）

角川文庫 21414

印刷所●株式会社KADOKAWA
製本所●株式会社KADOKAWA

表紙画●和田三造



●お問い合わせ
https://www.kadokawa.co.jp/（「お問い合わせ」へお進みください）
※内容によっては、お答えできない場合があります。
※サポートは日本国内のみとさせていただきます。
※Japanese text only


ISBN 978-4-04-107922-5　C0195

# 角川文庫発刊に際して

角川源義

第二次世界大戦の敗北は、軍事力の敗北であった以上に、私たちの若い文化力の敗退であった。私たちの文化が戦争に対して如何に無力であり、単なるあだ花に過ぎなかったかを、私たちは身を以て体験し痛感した。西洋近代文化の摂取にとって、明治以後八十年の歳月は決して短かすぎたとは言えない。にもかかわらず、近代文化の伝統を確立し、自由な批判と柔軟な良識に富む文化層として自らを形成することに私たちは失敗して来た。そしてこれは、各層への文化の普及滲透を任務とする出版人の責任でもあった。

一九四五年以来、私たちは再び振出しに戻り、第一歩から踏み出すことを余儀なくされた。これは大きな不幸ではあるが、反面、これまでの混沌・未熟・歪曲の中にあった我が国の文化に秩序と確たる基礎を齎らすためには絶好の機会でもある。角川書店は、このような祖国の文化的危機にあたり、微力をも顧みず再建の礎石たるべき抱負と決意とをもって出発したが、ここに創立以来の念願を果すべく角川文庫を発刊する。これまで刊行されたあらゆる全集叢書文庫類の長所と短所とを検討し、古今東西の不朽の典籍を、良心的編集のもとに、廉価に、そして書架にふさわしい美本として、多くのひとびとに提供しようとする。しかし私たちは徒らに百科全書的な知識のジレッタントを作ることを目的とせず、あくまで祖国の文化に秩序と再建への道を示し、この文庫を角川書店の栄ある事業として、今後永久に継続発展せしめ、学芸と教養との殿堂として大成せんことを期したい。多くの読書子の愛情ある忠言と支持とによって、この希望と抱負とを完遂せしめられんことを願う。

一九四九年五月三日